KB060153

엄마와 아이의 10년

역마살 엄마의 신호등 육아

박지연 에세이

두 아들을 키우는 엄마의 고충, 애환, 기쁨
그리고 교육, 여행에 대한 철학 이야기

도서출판 청어

역마살 엄마의 신호등 육아

박지연 지음

발 행 처 · 도서출판 청어
발 행 인 · 이영철
영   업 · 이동호
홍   보 · 천성래
기   획 · 남기환
편   집 · 방세화
디 자 인 · 이수빈 ┃ 김영은
제작이사 · 공병한
인   쇄 · 두리터

등   록 · 1999년 5월 3일
(제321-3210000251001999000063호)

1판 1쇄 발행 · 2022년 10월 20일

주   소 · 서울특별시 서초구 남부순환로 364길 8-15 동일빌딩 2층
대표전화 · 02-586-0477
팩시밀리 · 0303-0942-0478

홈페이지 · www.chungeobook.com
E-mail · ppi20@hanmail.net
I S B N · 979-11-6855-069-8(03810)

엄마와 아이의 10년

역마살 엄마의 신호등 육아

박지연 에세이

2022년 어린이날, 포항

"안녕하세요. 저는 아들 둘을 키우고 있는 주부입니다."

"안녕하세요. 저는 8세, 10세 두 아들의 엄마입니다."

온라인 수업을 통해 처음 만난 사람들끼리 간단히 자기소개를 했다. 무언의 약속이라도 한 듯, 모두가 비슷하게 말했다. 열 명의 소개가 끝났지만, 그들의 이름이 뭔지, 무엇을 좋아하고 싫어하는지는 알 수 없었다. '엄마'들이 모인 곳에서 자기소개를 하라고 하면 나를 포함한 다수가 이렇게 말한다. 아이가 몇 명인지, 자녀가 몇 살인지를 언급하며 정작 자신은 누구인지 어떤 사람인지는 소개하지 않는다.

이름도, 직함도 없는 '엄마'라는 존재로 10년을 살았다. 유일하게 이름을 불러주는 곳은 병원, 관공서가 전부였다. 강사는 그날, 자신을 소개할 짧을 글을 만드는 시간을 할애해 주었고 완성하지 못한 이들에게는 다음 시간까지 숙제로 남겨주며 본인을 세상에 드러내길 바랐다.

아이를 키우는 여성을 표현할 단어는 '주부', '엄마', '경력단절녀'뿐일까? 워킹 맘은 직장 내 호칭도 있는데 그마저도 없다. 나를 중심에 두고 살지 않다 보니 자존감은 한없이 작아졌고 불안감, 초조함, 무기력함, 두려움 등의 온갖 부정적인 감정의 종합선물세트가 에워쌌다. 어느 포장지부터 풀어야 하는지, 아직 풀기에 이른 건지, 나를 위한 선택 앞에서 할 수 있는 것이라곤 망설임이 전부였다.

단화 대신 힐을, 민낯 대신 화장을, 에코백 대신 숄더백을, 잠바 대신 재킷을 입고 다니는 워킹 맘의 삶을 동경하고 때론 질투했다. 그들의 삶이 현실의 출구임을 알면서도 멍하니 바라볼 뿐이었다. '가정주부'라는 이름하에 아무것도 하면 안 되는 줄 알았다. 아무것도 할 수 없을 줄 알았다. 하루하루 숨 가쁘게 러닝머신을 달리고 있지만 할 수 있는 게 없었다. 아이들을 키우는 것이 가장 잘 할 수 있는 일이라 위로하며 문자 그대로 그 삶만을 위해 살았다. 아이들도 잘 키우고 싶고, 나도 성장하고 싶다는 보이지 않는 경계선에서 몇 년째 제자리걸음만 할 뿐 방향을 찾지 못했다. 잘하는 것, 하고 싶은 것들을 하나둘씩 해나가다 보니 내 삶의 신호등불이 바뀌기 시작했다. 이른 오전에는 독서와 글쓰기를, 낮에는 육아를, 밤에는 강의를 들으며 수험생과 맞먹는 스케줄을 소화할 때도 있지만 하등 문제 되지 않았다.

무작정 배웠다. 물먹는 하마처럼 미친 듯 삼켰다. 수집가처럼, 자격증이라는 종잇장을 쌓았다. 하브루타 지도사 1, 2급, 슬로 리딩 지도사, 화백 토론 심판, 상담 심리학, 가족 심리학, 티 소믈리에 등의 자격증으로 배를 채웠다. 배움은 '담는 것'이 아니라 '담기는 것'임을 알면서도 모른 체 했다. 언제까지 배우기만 할 건지, 활용할 수 있는 날이 오기는 할 건지 등 걱정이 몰아칠 때도 여전히 담고 있었고, 채울수록 허기질 때도 많았다. 이제는 아웃풋을 해도 되지 않을까 조언을 건네는 이도 있었다. 스스로를 현무암이라고 여기며, 여기저기 난 작은 구멍을 배움으로 메워갈 때 나와 비슷한 사람들을 만났다. 그들에게는 반짝이는 눈빛과 마그마처럼 넘쳐흐르는 열정이 있었다. 여기서만큼은 '주부', '경력단절녀', '엄마'가 아닌 날것 그대로의 인간으로 부르고 불리었다.

중국 극동 지방에는 희귀종인 '모소 대나무'가 있다. 모죽(毛竹)이라 불리는 이 나무는 땅이 척박하든 기름

지든, 씨앗이 뿌려진 후 4년 동안 3cm밖에 자라지 않는다. 4년 동안 시간이 멈춘 것처럼 아무런 미동도 하지 않는다. 그러다가 5년이 되는 해부터 매일 30cm씩 성장하며, 6주차가 되면 순식간에 빽빽하고 울창한 대나무 숲을 이룬다. 그동안 뻗은 뿌리들로부터 엄청난 자양분을 흡수하여 세상에 위용을 드러내는 것이다. 단기간에 놀라운 성장을 한 듯 보이지만, 4년 동안 땅속에서 깊고 단단하게 뿌리를 내린 결과이다.

할 줄 아는 게 없어서, 잘하는 게 없어서, 아이들을 키우면서 잘 할 수 있을까 걱정돼서 망설이는 엄마들을 만날 때면 지난날의 내가 떠올라 안타깝다. 아직은 그럴듯한 결과도, 성과도 내지 않았지만, 깊고 단단한 뿌리를 내리는 나를 보여주고 싶었다.

'단 한 명에게라도 영감을 줄 수 있다면, 할 수 있다는 희망을 줄 수 있다면, 실행할 수 있는 용기를 줄 수 있다면' 하는 마음에 글을 쓰기 시작했다. 세상을 향해 나아가기 위해선 현실이라는 수많은 일상을 살아야 한다는 말이 있다. 10년, 3650일의 일상을 지나 내 삶을 찾기 위해 발을 내디뎠다. 인디언 속담에 혼자 가면 빨리 가지만 함께 가면 멀리 간다는 말이 있다. 매일 반 발자국씩만이라도 함께 걷는다면, 우리도 모소 대나무처럼 자랄 수 있지 않을까.

"견디십시오. 그대는 모죽입니다. 비등점을 코앞에 둔 펄펄 끓는 물입니다. 곧 그 기다림의 값어치를 다할 순간이 올 것입니다. 세상에서 가장 높은 대나무로 쑥쑥 커갈 시간이 올 것입니다. 자유로운 기체가 되어 세상을 내려다볼 시기가 올 것입니다."

-김난도, 『천 번을 흔들려야 어른이 된다』

목차

제1장

우왕좌왕하는 엄마의 빨강 신호등

2022년 어린이날, 포항

우왕좌왕하는
엄마의 빨강 신호등

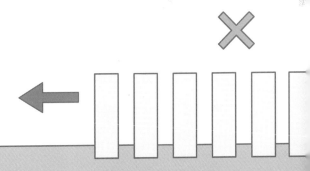

먼 길 돌아온 아들, 만나서 반가워

　7년 연애의 종지부를 찍고, 허니문 베이비가 들어섰다. 축복이자 선물 같은 아이와 함께 보낸 날은 9주 차에 끝이 났다. 명의(名醫)를 찾아가고 최대한 휴식을 취해보기도 했지만, 끝끝내 아이를 지키지 못했다. 출산과 맞먹는 고통, 아이를 잃은 상실감은 '임신'이란 설렘을 두려움으로 바꿨다. 몸과 마음을 추스른 후 직장으로 복귀해 일상으로 돌아갔다. 결혼 적령기의 여성이 가득한 직장에서 들려오는 동료들의 임신 소식에, 이별 후 6개월 만에 다시 아이를 만날 준비를 했다. 주기적으로 병원을 다니고, 운동을 하고, 식단을 조절함에도 불구하고 쉽사리 들어서질 않았다. 임신 테스트기를 보며 심장의 두근거림과 내려앉기의 교차가 몇 달 동안 이어졌다.

시험관을 고려할 즈음 지방에 있는 용하다는 한의원을 찾았다. 오전 8시도 채 되지 않은 시간에 도착했지만 발 디딜 틈이 없었다. 전국 각지에서 온 부부들의 대기 명단을 보며 긴 탄식이 흘러나왔다. 5분 남짓한 진맥을 마치고 돌아온 며칠 뒤, 택배로 도착한 보약을 먹고 있을 때였다. 오랜만에 남동생에게서 전화가 왔다.

"누나, 내가 어제 이상한 꿈을 꿨어. 뱀이 똬리를 틀고 있는 거야. 너무 선명해서 찾아봤더니 태몽이래. 아무리 봐도 누나밖에 생각이 안 나더라고."

물음표가 느낌표가 될까 하는 의구심으로 임신 테스트기를 잡았다. 두방망이질하는 심장의 울림은 청진기로 대고 있는 것처럼 크게 들렸다. 흐릿하게 시작해 진해지는 두 줄을 확인하던 순간 떨리던 눈빛은 따뜻한 눈물을 흘려보냈다. 올챙이보다 작을 아이가 놀랄까 기쁨의 소리를 삼키며 '다행이다'라는 말만 연신 내뱉었다. 첫아이를 떠나보내고, 정확히 1년 3개월 만이었다.

그날부터 내 시간과 생활의 주인은 아이였다. 임신

초기였던 2012년 겨울. 그해 바람은 유난히 차고 날카로웠으며, 하루가 멀다하고 눈이 내렸다. 논문 준비로 인하여 매주 한두 번씩 서울을 오가야 했지만, 학과 건물 안에 있는 게스트하우스에 머물렀다. 혹여 눈길 위에서 넘어질까 봐, 매서운 칼바람에 감기라도 걸릴까 봐, 그래서 또다시 아이를 놓쳐버릴까 봐 매 순간 새가슴이 되었다.

임신 중기로 접어들며 일도 쉬고, 공부도 마무리 지었다. 소파와 한 몸이 되어 달콤한 휴식을 만끽함도 잠시, 무료함이 밀고 들어왔다. 어떻게 만난 아이인데, 더 이상 널브러져 있지 말자며 일어났다. 먼저 임신, 육아 관련 서적을 구입했다. 아름다운 태교가 아름다운 사람을 만든다며 10여 년 만에 피아노 건반을 두드렸다. 유니폼 단추 하나 내 손으로 단 적 없었는데 기저귀 가방과 애착 인형을 만들겠다고 미간과 천 조각에 주름을 잡았다. 수포자인 엄마를 닮지 말라며 초등생 수학 문제집을 풀었고, 굿모닝 팝스를 들으며 영어일기를 썼다. 출산 시 골반의 열림과 호흡조절에 도움이 된다는 기체조 수업을 들었고, 모아 애착의 중요성을 강조하는 유럽식 분만법인 르봐이예 분만 수업도 들었다. 가지고 있는 역량을 훌쩍 뛰어넘은 스케줄을 소화하다 보니 어느덧 출산일에 가까워졌다.

조산 우려와 달리 예정일이 다가와도 별다른 신호가 없었다. 매일 인근 운동장을 걷고, 30층 아파트 계단을 오르내렸다. 예정일이 5일 지난 저녁, 드디어 아이가 문을 두드렸다. 인터넷에서 본 출산 준비물을 챙긴 가방을 가지고 병원에 도착했지만, 고통이 턱 밑까지 차오를 때 다시 오라 했다. 첫 진통이 오고 24시간 후, 만신창이 상태로 병원에 도착했다. 기체조로 호흡법과 운동법을 충분히 익혔다고 생각했으나, 진통의 순간에는 무용지물이었다. 최악이라는 허리 진통이 시작됐다.

촉진제 투여 후, 전기고문이란 게 이런 것인가 싶을 정도로 고통에 몸부림쳤다. 진통이 올 때마다 들썩거리는 허리를 보며 간호사는 아이에게 충격이 간다고 했지만, 몸이 뇌의 신호를 무시했다. 무통주사를 놔달라고 몇 번을 애원해도 응급으로 들어오는 산모들을 챙기느라 나에게 줄 시선이 없었다. 모기 만한 소리도 낼 힘이 나지 않으며 애 낳다가 죽는 산모 중 하나가 될 수도 있겠구나 싶었다. 이따금 "잠들면 안 됩니다. 자면 안 됩니다."라며 흔들어 깨웠다. 사흘 같던 3시간의 산고 끝에 분만실로 향했다. 모든 기운이 빠진 상태였다. 아무리 긴 호흡을 하고, 힘을 써도 아이는 나오지 않았다. 급기야 간호사가 내 배 위로 올라와 호흡을 맞추며, 아이를 아래쪽으로 밀어주었다.

"마지막입니다. 한 번만 더 힘을 주세요."
"이번엔 정말 마지막이에요."

도돌이표 같은 마지막이란 말에, 발가락 끝 기운까지 끌어올리며 눈에 실핏줄이 터져나갈 듯 힘주기를 반복했다. 36시간의 진통 끝에 드디어 아이의 울음 소리가 분만실 가득 울렸다.

"아들입니다. 축하합니다. 7월 14일 오전 11시 47분 출산입니다. 고생하셨습니다."

불과 몇 초 전까지 짓고 있던, 서른둘 평생 가장 못생긴 얼굴과 표정은 아이를 보자마자 눈물 한가득 머금은 미소로 변했다. 잠시나마 아이와 나의 온기를 나누며, 불안정한 음으로 우는 아이가 안정을 찾아갈 때까지 기다렸다.

미국의 페미니스트이자 저널리스트인 글로리아 스타이넘은 '아이를 낳는 것을 땅을 정복하는 것보다 더 감탄스러운 일이고, 땅을 지켜내는 것보다 더 놀라운 일이며, 그 둘을 다 해내는 것만큼 용기 있는 일'이라 했다. 아이를 가지며 새로운 땅을 정복했고 아이를 품으며 그 땅을 지켜냈으며 아이를 낳으며 그 땅에서 살아가게 되었다. 이 모든 게 아이 덕분이었다. 잦아드는 울음소리를 들으며 아이에게 나지막이 속삭였다.

"먼 길 오느라 고생했어. 엄마에게 와줘서 정말 고마워. 우리 잘 지내보자. 사랑해."

천천히 다가온 100일의 기적

　병원을 나서자마자 조리원에 도착했다. 조리원 입성을 망설이던 나에게, 출산 선배들은 하나같이 다시 못 올 천국이라며 푹 쉬다 오라 했다. 며칠은 평화로웠다. 매끼 5대 영양소로 가득 찬 식판에는 머슴밥만큼의 음식이 담겨있었다. 미역국도 소고기, 황태, 전복, 들깨 등 재료를 바꿔가며 매번 다르게 나오니 질리는 줄 몰랐다. 세 끼 꼬박꼬박 다 챙겨 먹고, 두 번씩 제공되는 간식도 거르지 않고 먹었다. 평소엔 먹지도 않는 삼색 무지개떡이 어찌나 찰지고 꿀맛 같던지, 퇴소 후에도 그 떡을 찾아다녔다.

　조리원 신생아실에는 투명한 아기 바구니가 양쪽으로 줄지어 있었다. 꼬물꼬물한 몸으로 아기 보에 싸여

있는 아기들은 각자의 태명이 적힌 바구니 안에서 바깥 세상을 구경하고 있었다. 첫째의 태명은 『나의 라임오렌지 나무』의 오렌지 나무처럼 남을 배려하고 베푸는 아이로 자라라는 뜻에서 '라임'이라 지었다. 아이의 인중에 선명한 보랏빛 역삼각형 모반이 있어 그런지, 멀리서도 눈에 잘 띄었다. 바구니 속에 있는 다른 아이들과 달리, 자는 모습을 잘 볼 수가 없어 의아하긴 했지만 괜찮은 줄 알았다.

며칠 동안 즐겼던 평화에 점점 스산한 기운이 몰려오기 시작했다. 유독 내 아이는 수유를 거부했다. 고개를 좌우로 흔들며 우렁찬 울음소리로 저항하는 몸부림에 꽁꽁 동여맨 아기 보가 느슨해지기를 여러 번, 수유시간마다 긴장감이 놀며 목덜미가 따끔거렸다. 하루하루 강도가 세져서, 모유 수유 전담 선생님과 수간호사 선생님이 수유할 때마다 도와주었다. 젖병에 익숙해지면 더 힘들어진다는 말에 새벽 호출에도 응했다. 젖양도 부족해 다른 산모들보다 곱절의 미역국을 먹고 물을 마시며 수유에 집착하는 엄마로 변해갔다. 점점 누적되는 피로에 신경이 날카로워짐은 당연했다. 분유를 먹이는 게 낫지 않겠냐는 충고는 모유 수유 집착에 부채질할 뿐이었다.

　퇴실을 앞둔 하루 전. 신생아실 대청소로 인해 방에서 아이와 몇 시간을 보냈다. 배불리 먹인 후여서 자는 모습만 보겠거니 했던 예상을 뒤집으며, 1인 무성영화 한 편을 보았다. 아무것도 먹지 않음에도 입은 쉬지 않고 오물거렸고, 이마와 목덜미가 젖어가면서까지 아기보에서 팔을 빼내려 안간힘을 썼다. 천장에 있는 LED등을 보며 혼자 웃었다 무표정하기를 반복했고, 잠든 상태에서도 입꼬리는 다양하게 움직였다. 이제 겨우 4kg 될까 말까 한 아이의 몸부림을 지켜보며, 생명의 신비로움과 싸한 기운이 앞다투어 스쳤다.

　조리원을 나오던 날, 선생님들께 인사를 건네는데 눈물이 핑 돌았다. 감사함, 막막함, 두려움이 동시에 휘저어댔다. 감정의 소용돌이도 잠시, 집에 가까워질수록 기분이 묘했다. 둘이 나와 셋이 들어가니 진짜 가족이 생겼다는 것이 실감 났다.

보름 가까이 비워둔 집이 여전히 안녕함을 보며 나도 그러고 싶었으나, 어둑어둑해질수록 올라오는 전쟁의 서막 앞에 우왕좌왕하기 시작했다. 수유 거부는 더욱 심해졌으며, 밤에는 쪽잠조차 허락하지 않았다. 수유 후 트림시키고 눕히고 나면, 이내 자지러지게 울었다. 아기보에서 팔을 빼려 안간힘을 쓰며 땀을 뻘뻘 흘리는 모습에서 어딘가 불편함을 알 수 있었다. 비강이 좁은 건지 비염 때문인지, 작은 물풍선처럼 생긴 튜브로 바람을 넣고 빼며 호흡을 도와주었다. 밤에도 쉴 새 없이 무릎을 배 쪽으로 구부렸다 펴기를 반복하며 보채는 아이와 밤을 지새우길 며칠, 생후 한 달도 채 되지 않은 아이를 데리고 소아과에 갔다. '배앓이'라고 했다. 장에 가스가 차서 소화가 잘 안 되니 괴로워하는 것이고, 그게 수유 거부로 이어진 것이라 했다. 속이 불편하니 잠도 잘 못 잔다 했다. 어른도 수면이 부족하면 예민해지고 피곤해지는 것처럼 아기들도 그렇다 했다.

모유 수유를 끊고, 배앓이 하는 아이들에게 도움이 되는 분유와 젖병으로 바꿨다. 수유에 대한 집착이 이렇게 작디작은 아이를 불편하게 했다는 죄책감에 아이를 안으며 재우던 그날 밤, 미안함에 하염없이 울었다.

도움을 줄 수 있는 방법을 찾아 할 수 있는 건 다 해주려 했다. 일주일에 한 번씩 문화센터에 데려가서 장이 편한 상태가 되도록 도와주는 배 마사지와 성장 마사지를 배워왔다. 매일 목욕 후, 내 손바닥 위에 오일을 떨어뜨려 따뜻하게 한 뒤 아이의 머리끝부터 손가락, 발가락 하나하나까지 마사지를 해주었다. 100일부터 아기 띠를 하겠다던 목표는 뒤로하고 생후 30일부터 사용해도 된다는 아기 띠를 구매했다. 먹이기 전에도, 먹을 때도, 먹인 뒤에도 아이와 한 몸이 되었고, 밤잠도 캥거루 자세로 안고 재우는 날이 많았다.

하루하루를 보내는 게 아니라 버텼다. 조금 더 나아지겠지, 괜찮아지겠지 희망을 걸었다. 갑작스레 아이가 잘 먹고 잘 자게 된 건 아니다. 그렇지만 애쓰며 보낸 날들이 이어져 백일을 맞이했다. 아이의 백일 날, 천사의 날개가 붙은 하얀 저고리를 입혔다. 엎드린 채 팔다리를 휘저을 때마다 움직이는 커다란 날개를 보며 파랑새가 가까이에 있는 것처럼 아기 천사가 우리 곁에

와 있음을 깨달았다. 누군가는 100일의 기적이 온다 하고, 누군가는 100일의 기절이 온다던데 우리 집은 기적이 왔다. 거칠게 요동치던 파도가 어느덧 잔잔하게 가라앉았다.

미국의 작가인 캐서린 풀시퍼는 말했다.
'아이가 태어나는 것을 보라. 그것을 보고도 어떻게 기적을 믿지 않을 수 있는가?'

아이를 낳고 키우는 100일 동안, 어떻게 하루하루를 살았는지 기억이 조각조각 흩뿌려진 듯하다. 백일 상을 차리던 날 날개를 펼치며 까르르 웃는 아이를 보며 100일의 기적이 왔다고 했지만, 아이를 낳은 순간부터 그랬던 것이다. 너무 힘들다는 생각에, 감당하기 버겁다는 마음의 소용돌이가 너무 커서 잠시 잊었을 뿐, 낳고 기르는 모든 순간이 기적이었음을 잊지 않으려 한다.

'똑똑' 나도 있어요
· · · · · · · · · · · · · · · · · ·

100일이 지나며 아이도 나도 안정을 찾아갔다. 함께 놀고, 먹고, 쉬며 규칙적인 생활습관을 형성해 갔다. 아이는 나의 유일한 친구이자 말동무였다. 밤에 8시간 이상 통잠을 자는 것 하나만으로도 삶의 질이 나아졌다. 잠깐 책을 보거나 야식을 먹을 수도 있었다. 이제 좀 살만하다 싶을 즈음, 부모님, 친척, 지인, 심지어 처음 보는 사람들까지 인사치레로 건네는 말이 있었다.

"이제 둘째만 낳으면 되겠네. 애가 혼자면 심심해."

"아들 하나 있으니 딸 하나만 더 있으면 엄마가 외롭지 않겠네."

"지금이야 힘들겠지만 나중 돼봐. 계속 애가 놀아달라고 보챌 텐데 바로 이어 동생 하나 낳아줘. 터울이 적을수록 좋아. 한 번에 힘든 게 낫지."

마트에서 물건을 사는 것도 아닌데 왜 다들 하나 더 낳으라고 하는지, 고분고분하게 응하던 "네."라는 대답은 점점 "네네."로 변했다. 첫째의 첫돌을 맞이할 즈음 진지하게 엄마가 말했다.

"네가 얼마나 힘들게 여기까지 왔는지 알아서 무조건적으로 강요는 못하겠지만, 어느 정도 안정기에 접어들었으니 동생을 선물해 주는 게 어떨까? 나도 너희들 셋을 연년생으로 낳아서 키울 때는 말도 못 하게 힘들긴 했지만 그게 또 여태 살면서 가장 잘한 일인 것 같다. 너를 위한다면 지금이 편한 게 사실이지만, 아이를 위해서 고민은 해봐."

"응응."이라고 답했지만 둘째를 가지기보단 내 삶을 찾고 싶은 마음이 더 컸다.

아이의 돌잔치를 치르고 돌아서면 복직을 해야 했다. 임신과 동시에 시작한 2년간의 육아휴직은 KTX보다 빠른 속도로 다가왔다. 오랜만에 입어본 유니폼 치마는 허벅지부터 올라가지 않았고, 블라우스는 단추조차 채워지지 않았다. 유니폼을 바꿔 달라는 요청엔 불가능하단 답변이 돌아왔고, 바꿀 수 있는 동료를 찾기도 쉽지 않았다. 매일 식단을 하고 운동을 하면서도 복직보다는 이직을 고려했다. KTX 승무원의 직업 특성상, 많게는 한 달에 열흘 가까이 되는 숙박 스케줄을 소화해야 했다.

더 큰 문제는 전적으로 아이를 양육해 줄 사람이 없었고, 있다 해도 아이가 주 양육자와의 혼란이 올까 봐 두려웠다.

비슷한 이유로 복직하자마자 퇴사하는 동료들이 많았기에 섣불리 복직 여부를 결정할 수 없었다. 곧바로 둘째를 가지면 육아휴직을 연장할 수 있다는 의견과, 아이 한 명 잘 키우고 네 삶을 찾아가라는 의견이 이중자아처럼 팽팽하게 맞섰다. 몇 날 며칠의 고민 끝에 이직의 가능성을 열어두고 본격적으로 준비를 시작했다.

그 당시, 다수의 대기업과, 중소기업에서 경력단절

녀를 대상으로 한 채용을 시행했다. 유연근무제가 있는 몇 군데를 겨냥해 이직 준비를 했다. 아이의 낮잠 시간을 이용해 온라인 강의를 듣고 운동을 하며 취업 준비생으로 변신했다. 원하던 토익점수를 받고, 증명사진을 찍으며 이직 준비를 마무리 지을 즈음 심한 두통이 몰려왔다. 앉아있기도 서있기도 버거운 날들이 지속되어 병원에 갔더니 산부인과로의 방문을 권했다.

'그럴 리가 없는데. 그럴 수가 없는데. 아닌데. 아니야.'라는 말만 되풀이하며 약국을 들러 곧장 집으로 향했다. 첫째 땐 그렇게 애간장 태우며 나타나던 두 줄이었는데, 이번에는 달랐다.

선명한 두 줄을 보이며, '똑똑'하고 둘째가 찾아온 것이다. 간절함으로 줄다리기를 하며 다가온 첫째와 달리, 인기척도 없이 와있었다. 동생을 만들어주라던 수많은 말들을 무시했던 나. 나의 삶을 찾아가겠노라 호기롭게 준비했는데, 새로운 생명 앞에서 쉽사리 무너졌다. 돌고 돌아 힘들게 맞이한 첫째를 떠올리며 이 또한 축복이겠거니, 흘러내리는 눈물을 멈추고 덤덤하게 받아들였다. 형제보다 더 좋은 친구는 없다는 말처럼 20개월 터울로 만날 두 아이가 친구이자, 선후배이자, 인생의 동반자로 함께 할 수 있길 바라며 관심의 안테나를 첫째와 뱃속의 아이에게 돌렸다.

미하엘 엔데의 『모모』 속의 주인공처럼 모두와 친구가 되어 사랑을 주고받길 바라는 마음에서 태명을 '모모'라고 지었다.

"모모야, 힘들지 않게, 쉽게 와줘서 정말 고마워. 앞으로 우리 잘해보자. 엄마가 많이 사랑해 줄게."

아래로 내려온 맹자 엄마

　둘째와의 만남을 만끽하기도 전에 궁금증이 몰려왔
다. '딸일까? 아들일까?'

　"엄마는 딸이 있어야 해. 아들은 장가가면 해외동
포야."
　"엄마는 딸도 있고 아들도 있으면 좋지만, 아이를 생
각하면 동성이면 좋지." 등 둘째 성별에 나만큼이나 관
심 많은 이들이 많았다.

　첫째 때는, 의사 선생님이 초음파를 보며 얼굴, 팔,
다리 동그라미로 표시해서 알려줘도 어디가 어디인지
쉽사리 분별 되지 않았다. 뱃속에서 잘 노는 듯하다가
도 얼굴만 보려 하면 등지고 있거나 웅크리고 있어 헛

걸음하는 날이 잦았다. 그러나 둘째는 달랐다.

"나는 아들이에요. 희망을 버리세요."라고 속삭이듯 존재를 정확히 밝혔다. 빛의 속도로 선명해지던 임신 테스트기의 두 줄이 떠올랐다.

당시, 우리가 살고 있던 24층 위엔 연년생 초등생 형제가 있었다. 아침을 알리는 '다다다다' 소리는 밤늦도록 이어졌다. '쿵'하는 소리에 놀라 잠에서 깨는 경우도 비일비재했다. 둘째마저 아들임을 안 순간, 머지않아 우리 집안에 퍼져나갈 스산한 기운이 뒤통수를 후려쳤다. 윗집에서 들리는 소리는 소음이라 정의하면서, 나의 아이들은 그 아이들처럼 키우고 싶다는 모순적인 속내를 감출 수가 없었다. 이제 막 걸음마를 뗀 아이를 보며 자유롭게 걷고 뛰는 환경으로 옮기고자 결정했다. 둘째가 태어나기 전에 이사를 마치는 게 편할 것이란 판단에, 즉각 실행에 옮겨, 임신 5개월 차에 근처 아파트의 필로티층으로 옮겼다.

15개월 된 첫째는 집 안 구석구석 걸어 다니는가 싶

더니 이내 뛰었다. 실외에서 타는 전동 자동차는 거실에서 운행했으며, 볼풀공 200개가 가득한 사각 텐트 안팎을 오가며 공 던지기에 몰두했다. 몇 달 후 태어난 둘째는 걷나 싶더니 이내 형과 함께 뛰었다. 피가 흐르거나 불이 나는 것이 아닌 이상, 얼핏 과격하게 보일 수도 있는 몸 놀이 정도는 허용하자는 육아 철학은 축구, 공 던지기, 달리기, 줄넘기, 스카이콩콩을 타는 일상을 허용했다.

이따금 놀러 오는 어린이집 친구들과 엄마들은 놀이터 못지않다며 밤늦도록 돌아갈 줄 몰랐다. 친구네 집에 놀러 가면, 뛰는 행동을 제지하는 나와 그러지 못하는 아이에게 화만 내다 돌아오는 날이 대부분이었다. 그러다 보니 우리 집으로 아이 친구들이 오는 게 더 편해서, 언제든 현관문을 열어 꼬마 손님들을 맞이했다. 신나게 놀고 저녁까지 먹고 가는 우리 집은 동네 아이들의 키즈 카페이자, 놀이터이자, 태릉선수촌이었다. 어느 날, 설거지하려 싱크대에 쌓여있는 식판을 세어보았다. 필요할 때마다 사두었던 게 11개나 되었다. 키즈 카페처럼 입장권을 발행해야 하나 웃음이 났다.

아이들을 키우는 동안 가장 잘한 것을 꼽으라면 단연코 아래층으로 내려온 것이다. 맹자의 교육을 위해 세 번이나 이사한 맹자 엄마처럼, 조금이라도 자유분방하게 키우려 이사한 두 아들의 엄마다. 살던 집을 떠나며 다시 고민에 빠졌다. 이제는 올라가도 되지 않을까? 조금만 더 머무를까 선택의 기로에서 아이들과 지인들에게 솔직한 의견을 물어보았다. 아이들도 아직은 더 뛰어놀고 싶다 하고, 지인들도 3년 뒤에 생각해 보면 어떨까 충고를 건넸다.

다른 아파트이지만, 같은 저층으로 옮겼다. 이사 온 집은 도심 속 자연에 둘러싸여 지난번보다 훨씬 많은 벌레와 곤충을 만난다. 지네, 나방, 나비, 여왕개미, 하루살이 등의 식구가 늘었다. 아침저녁으로 찾아오는 새들을 위해 밖에 새 먹이통을 갖다 놓고, 추위와 더위 그리고 비를 피하러 오는 길고양이 들을 위해 수시로 사료를 내어놓는다. 장수풍뎅이, 사슴벌레의 곤충 젤리가 부족하지 않게 넉넉하게 구비하고, 잘 먹는 구피를 위해 눈 뜨자마자 먹이를 주고 주기적으로 물을 갈아준다. 꼬깔콘처럼 수북이 쌓여있는 지렁이 똥을 보며 기름진 땅임을 확신한 아버지는 텃밭을 가꾸셨다. 오이, 가지, 방울토마토, 고추, 상추를 재배하여 아침저녁으로 물을 주고, 호미와 낫을 들고 잡초를 제거하며 인생 밑그림에도 없던 농사를 짓고 있다.

조금이라도 자유롭게 키우고자 선택한 1층은 아이들을 키우기 위한 최적의 환경임엔 반박할 의견이 없다. 여름철은 넘쳐나는 모기와의 전쟁, 배관에서 올라오는 벌레와 악취, 겨울철은 추위와의 전쟁 등 불편한 점이 없지 않지만 그것들을 다 덮을 만큼의 장점이 더 많기에 조금 더 머무르려 한다. 눈떠서 감을 때까지 아이들에게 던지는 많은 잔소리 중, 그나마 걷고 뛰는 행동에 대한 제재만큼은 하지 않을 수 있으니 그게 어딘가. 몇 년 뒤에는 모기가 조금이라도 적은 곳으로, 전망이 펼쳐지는 곳으로 올라갈 수 있는 날이 오지 않을까 기대하며 아직은 아래층에서 조금 더 머무르려 한다.

'한숨'이 '숨'이 되기까지

'한숨'이란 단어의 사전적 의미는 몇 가지가 있다.

숨을 한 번 쉴 동안 또는 잠깐의 휴식이나 잠에 해당하는 한숨. 근심이나 설움이 있거나, 긴장했다가 안도할 때 길게 몰아서 쉬는 한숨이다.

두 살, 네 살의 아들과 보내는 하루엔 세 종류의 한숨이 함께 했다.

둘째의 하루는 이른 오전 5시부터 시작한다. 조금 더 재우려 아이의 가슴에 손을 올려 토닥토닥 두들기면, 고사리 같은 손으로 내 가슴을 탁탁 두들기다 이내 손가락으로 내 눈동자를 위아래로 찢는다. 억지스레 거실로 나오며 매 순간 정확히 움직이는 아이의 생체시계를 원망하기도 한다. 비몽사몽인 나를 깨우고자 라디오를 틀면 늘 그렇듯 국악에 이어 아침의 시작을 알리는 애국가가 흘러나온다. 유체이탈 상태로 분유를 먹이고 놀아주다 보면 첫째가 일어난다. 눈뜨자마자 밥을 먹어야 하는 첫째는, 씹는 건지 삼키는 건지 입으로 밥과 반찬을 넣기 바쁘다. 씻기고 옷 입히고 등원까지 마치면 '잠깐의 휴식이나 잠'에 해당하는 첫 번째 한숨의 시간이 온다.

달콤한 낮잠을 즐긴 둘째와 함께하는 오후는 여유롭다. 이유식과 간식을 먹이고, 장난감 놀이를 하다 보면 첫째 아이의 하원이 가까워진다. 하루 중 가장 긴장을 해야 하는 시간이다. 첫째는 어린이집에서 신발에 발을 넣음과 동시에 마당 앞 놀이터로 돌진한다. 가방을 둘러메고 첫째를 쫓는 짧은 시간 동안, 나머지 아이들마저 후다닥 내 옆을 지나간다. 마치 바깥세상을 동경하던 아이처럼, 놀이터를 처음 발견한 아이처럼, 깔깔깔 웃음소리가 마당 전체를 뒤덮는다.

첫째는 미끄럼틀, 시소를 타고, 모래놀이를 하며 아

이들만의 세상에 흠뻑 취한다. 넘어질 듯 넘어지지 않는 아슬아슬한 둘째의 걸음 속도는 마음보다 한 템포 느려 안아달라, 내려달라를 반복한다. 벤치 위에 있는 누나, 형아들 가방, 여기저기 흩어져 있는 장난감 등 아이의 눈높이에 보이는 건 다 만져봐야 하니 말리는 게 일상이다. 설상가상으로 첫째가 친구와의 실랑이가 벌어지거나, 몸 다툼이 벌어지는 날은 영혼마저 녹아든다. 아이의 입안에 든 막대사탕의 달콤함이 사라지기 전에 집에 도착하면, 그제야 '긴장하였다가 안도할 때 길게 몰아서 쉬는 숨'인 두 번째 한숨이 나온다.

욕조에 있는 아이들을 나란히 씻기고 나면 내가 씻은 건지 아이들이 씻은 건지 알 수 없을 만큼 내 옷과, 욕실 안은 물바다로 변해있다. 닦이고 입히고 이내 저녁 준비에 들어간다. 밥을 짓다가도 조용하면 더 불안한 마음에 몇 번이나 거실을 기웃거린다. 식판 가득 음식을 준비하여 저녁을 먹인 후 잠깐의 놀이 시간을 가지며 세 번째 한숨인 '잠깐의 휴식'을 맞이한다.

아이들의 잠자리를 준비하는 동안 나의 정신은 점차

선명해진다. 아이들의 몸이 이불 속으로 빠져들 때, 나의 정신은 이불 속에서 빠져나온다. 세 종류의 한숨이 지나간 끝에, 긴 숨을 들이켜며 온전히 나를 위한 시간을 맞이한다.

엄마들이 한숨을 쉬는 건, 호흡을 내뱉는 것처럼 당연할 줄 알았다. 어느 날, 내가 쌓인 집안일을 보며 긴 숨을 토했나 보다.

"엄마, 왜 숨을 그렇게 길게 뱉어요? 할 일이 너무 많아서 그래요?"

언제 이렇게 훌쩍 자라 엄마의 한숨을 읽게 되었을까. 가벼운 콧바람과 함께 입꼬리가 올라가며 세 종류의 한숨이 함께 했던 그때가 떠올랐다. 아이를 먼저 키워본 주위 엄마들이 말했다. 그 시절이 좋았다고. 아이들이 자랄수록 내뱉기도 힘들 만큼 가쁜 숨이 휘몰아친다고. 언제까지고 잔잔한 한숨이 함께할 줄 알았던 그때가 있었기에, 오늘처럼 아이가 되레 나의 한숨에 안테나를 켜는 날이 올 수 있지 않았을까?

허당 엄마여도 괜찮아

'버스에 승차해서 동전 박스에 교통카드 넣기'

'뒷주머니에 폰 넣고 폰 찾기'

'미세요 안내문을 보면서도 당기기'

'외출할 때마다 차 키 찾기'

'내비게이션을 보면서 다른 길로 가기'

몇몇 친한 친구들이 늘 하는 말이 있다. 제발 가만히 있으라고. 가만히만 있어도 중간은 간다고.

초면에 새침해 보인다는 말을 많이 듣는 편인 나는, 의외의 구석이 많다. 보기보다 잘 잊어버리고, 잃어버린다. 다시 말해, 허당이란 말을 많이 듣는다.

조금만 늘어져도 금세 어리바리해짐을 알기에, 의

무와 책임이 주어지는 일 앞에선 긴장감이 역력하다. KTX 승무원으로 근무하는 몇 년 동안, 후배들의 입사를 여러 번 맞이하며 어느덧 선배의 자리에 올라와 있었다. 하루는 나름의 친분이 있던 후배가 말했다.

"선배님, 혹시… 완벽주의자… 세요?"

"누구? 나? 그럴 리가…."

"아니… 그게 아니라… 동기들이요… 선배님은 근무할 때 일만 한다고 해서요. 모르는 걸 물어보면 다 알고 있고, 늘 메모하고 그러니까요…."

실제로 그랬다. 충분히 기분 좋은 오해를 살 수 있는 부분이었다. 긴장의 끈을 조금만 놓아도 쉽게 잊어버리고, 어이없는 실수를 하는 나를 알기에 더 완벽하게 준비했다. 수시로 변경되는 여객운송약관과 규정을 외우기 힘들다 보니, 포켓 사이즈 수첩에 정리해 늘 재킷에 넣어 다녔다. 근무 중 해야 하는 일들과 특이 사항을 메모해, 손에 쥐고 있는 무전기 뒷부분에 붙여 수시로 체크했다. 정차역을 안내해 주는 영상이 멈추는 상황을 대비해, 해당 역에 가까워지는 시간부터는 마이크가 인접한 객실 근처에 대기했다. 퇴사 후 10여 년이 지난 지금도, 가끔 열차를 탈 때마다 특정 정차역에 다다름을 몸으로 느낀다. 근무해야 하는 열차를 놓친다거나, 장비를 잃어버리는 등의 꿈을 간간이 꾸며, 아찔했던 승무의 순간을 아직도 마주친다.

임신을 해서도 그랬다. 첫아이를 지켜야 한다는 긴장감은 조산기로 이어졌다. 출산 후, 건강하게 키워야 한다는 긴장감은 모유 수유에 집착하는 엄마로 만들었다. 그랬던 내가 둘째 아이를 낳으며, 다시 허당 엄마가 되었다. 아들이 한 명일 때와 두 명일 때의 삶은 1+1=2가 아니라, 2의 제곱이었다. 정신없는 상황은 물 샐 틈도 없이 채워져 긴장이 비집고 들어올 공간을 내어주지 않았다. 콧물약을 먹인다는 게 해열제를 먹이고, 아이들의 가방이 바뀌고, 숲 체험 가는 아이의 가방에 빈 식판을 넣어주고, 아이와 반대 방향으로 가는 버스를 타며, 업은 아이 삼 년 찾는 엄마가 되어갔다. 어떤 선생님은 워킹 맘이라 그런가 보다 했고, 어떤 선생님은 원래 그런 엄마라고 받아들이나 했다. 실상은 전업주부임에도 왜 그렇게 정신이 없었는지, 돌이켜 생각해도 이해

되지 않는 것 투성이다.

첫째가 7세가 되며 단설유치원으로 옮겼다. 초등학교와 흡사한 분위기를 가진 기관이었고, 학교처럼 원리원칙이 분명했다. 제출 서류의 기한은 바지의 칼주름처럼 지켰고, 구김살 따윈 통하지 않았다. 한 해 일찍 학부모가 되었다는 마음가짐으로 다시 긴장의 끈을 맸다. 승무원 때처럼 폰에 알람을 설정하고, 메모지에 기록하여 냉장고 구석구석에 붙여놓았다. 아이를 키우는 모습을 보며 엄마가 말한다.

"네 물건 하나도 잘 못 챙기고, 하도 잘 잃어버려서 애는 제대로 키울 수 있을까 얼마나 걱정했는지 몰라. 그래도 네 자식이라고 어찌어찌 잘 키우는 거 보면 기특하다 싶다가도, 누워서 생각하면 안쓰럽기도 해."

나도 내가 잘 해낼 수 있을까 의심했다. 아이를 안고, 업고 뛰며 초인적인 힘을 발휘했다. 지금도 여전히 허당 엄마에서 가끔 덜 허당인 엄마로 왔다 갔다 한다. 그때와 다른 점이 있다면, 이따금 아이들이 나를 챙겨준다는 거다. 외출 전에 차 키, 전화기, 안경을 찾아주기도 하고 때로는 "우리 엄마는 원래 잘 깜박해요."라며 너스레를 부리기도 한다. 든든한 두 아들이 있어 완벽하지 않아도 크게 불편하지 않은 요즘이다.

제 2 장

엄마의 주황불과
아이의 주황불

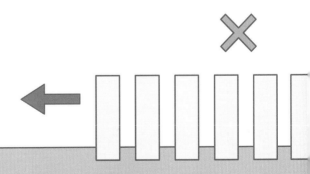

따스한 햇볕만 내리쬘 수 있게

아이들의 등원이 끝난 오전 시간. 천천히 차를 마시며 책을 보거나 음악을 튼다. 운동으로 몸을 깨운 후 소담스럽게 담긴 식사를 한다. 스피커 너머로 울려 퍼지는 시티 팝을 백색소음 삼아 청소기를 밀며, 분주했던 오전의 흔적을 정리한다. 적당히 따스했던 오전의 햇살은 아이들의 하원 시간이 가까워짐에 따라 점점 따갑게 내리쬔다.

양쪽 어깨 위에 올려진 책가방은 육아 출근의 신호다. 가방을 멘 체, 구부정한 자세로 양손에 킥보드를 끌며 놀이터로 향한다. 이따금 차 안에 앉아있을 운전자들 눈에 비치는 나는 어떤 모습일까? 초라해 보일까? 불쌍해 보일까? 측은해 보일까? 아스팔트 바닥과 이마가 맞닿을 듯, 건널목을 건넌다.

"아들 하나 키우기도 여간 애가 쓰이는 일이 아닌데,
둘씩이나…"

"아들 둘 이렇게 키워봤자 소용없는데… 딸 하나 더
낳아요."

"애들이 엄청 활발하네요. 그러니 엄마가 살이 안
찌지."

진심 가득한 위로의 말인지, 그냥 던지는 말인지.

일면식도 없는 사람들이 던지는 딱딱한 말들은 겹겹
이 쌓여, 하늘을 찌를 만큼 높이 솟아 있었다.

'언제까지 이런 모습으로 살아야 하지?'

'언제까지 이런 소릴 버텨야 하나?'

남들에게 하소연하면, 엄마라면 누구나 다 겪는 시
기라는 뻔한 충고로 돌아왔다. 몇몇은 진심으로 건네는
조언이었을 수도 있겠지만, 내 귀로 들어오기 직전엔
날카로운 화살로 변했다.

그즈음 오은영 박사가 출연하는 '우리 아이가 달라졌어요'라는 프로그램이 엄마들 사이에서 화제였다. 시청하는 것이라곤 유아 프로그램이 전부였던 터라, 다시 보기로 지난 방송들을 며칠 동안 잠을 줄이며 몰아 봤다. 출연을 신청한 부모들은 대부분이 아이들에게 문제가 있다고 했지만, 이면에는 부모에게 문제가 있었다. 화를 잘 내는 아이 뒤엔 화를 잘 내는 부모가 있고, 거친 말을 내뱉은 아이 뒤엔 그런 부모가 있었으며, 촉각이 예민한 아이 뒤에는 정서적으로 불안한 환경을 제공하는 부모가 있었다. 모든 말들을 화살로 바꾸고, 미간을 찌푸리며 그늘진 얼굴을 하는 내가 보였다. 진행자들이 내뱉는 한마디, 한마디가 화면을 넘어 나에게 건네는 듯했다. 보는 내내 안고 있는 쿠션을 방패 삼아, 메마른 감정에 꽂히는 바늘을 막았다.

하루에도 수십 번 오락가락하는 엄마의 날씨에 적응하기 힘들었을 아이들을 위해 달라지고자 도서관을 찾았다. 서천석의 『아이와 함께 자라는 부모』, 존 가트맨과 최성애 박사의 『감정코칭』을 읽으며 마음속의 먹구름을 걷어내려 의식적으로 노력했다. 너무 극적인 변화를 준 것이었을까? 조심스레 아이가 물었다.

"엄마, 그런데요…, 요즘 왜 이렇게 착하게 말해요?"
"응? 왜?"
"그냥요…. 그런데요, 엄마, 진짜 괜찮아요?"

목에 가시가 걸린 것처럼 아무 말도 할 수 없었다. 한 없이 미안함이 몰려왔다. 말귀를 알아들은 이후로, 일 관성 있게 나지막한 목소리로 말하는 엄마가 낯설었나 보다. 어설프게나마 노력한 모습이 헛되지 않았음은 확실했다. 내가 조곤조곤 말하면 아이들도 조곤조곤 대답했다. 내가 살살 걸으면 아이들도 살살 걸었다. 내가 심호흡을 하면 아이들도 심호흡을 했다. 내가 하는 많은 행동은 데칼코마니가 되어, 오전에만 따스했던 햇볕이 오후 늦도록 이어졌다.

힘들다는 생각에만 짓눌려, 나만 이토록 유난스럽나 했다. 짙어가는 먹구름은 자존감을 삼켜, 자괴감마저 형성했다. 육아 전문가와 육아 서적을 통해 변화의 필요성을 느꼈고, 작은 시도만으로도 햇살 한 줌이 창문을 두드렸다. 마음가짐에 따라 날씨도 바꿀 수 있다는 것을 성장하며 깨우쳤다. 아이들과 하는 날들엔 항상 따스한 햇볕만 내리쬘 수 있도록 매일 아침, 차를 내리며 마음을 가다듬는다.

나를 모르는 이들 찾아

'철학관'

20대 청춘시절. 직장인으로서 3개월, 6개월, 12개월
의 3배수 간격으로 슬럼프가 찾아올 때면 자연스레 철
학관 문을 두드렸다. 이 직업은 언제까지 하면 좋을지,
혹시라도 놓칠 수 있는 이직의 기회가 있진 않을지 궁
금해서였다.

엄마가 되고 난 후, 몇 년은 잊고 살았다. 동에 번쩍
서에 번쩍 다니던 그때와 달리, 반경 1km 안에서 모든
동선이 끝나는 삶을 몇 년째 반복했다. 답답했지만 이
또한 숙명이겠거니 했다. 문득문득 밖으로 뛰쳐나가고
싶은 욕망이 솟아오르면 게임 속 머리를 내미는 두더지
를 누르는 것처럼, 꾹꾹 눌러대는 것이 최선인 줄 알았

다. 당장은 육아가 가장 중요하다 말하면서도, 기약 없는 지금의 삶이 오래도록 고정될까 두렵기도 했다.

왼손에는 행복을, 오른손에는 두려움을 움켜쥔 채 한 해, 한 해를 보냈다. 놀이터 육아 동지들 중 한두 명씩 복직하는 모습을 보며 행복과 두려움의 비율은 점점 역전되었다. 아이들이 자립심을 키울 때까지 기다린다고 해도 15년 이상이 남았다. 마흔을 넘기면, 나를 위한 일을 찾기가 더 어려울 것 같았다. 무엇을 하고 싶은지 구체적인 계획조차 없었지만 뭐든 배우고 싶었다. 이런 마음을 주변 엄마들에게 터놓으면,

"나도 그래. 근데 당장 뭐부터 시작해야 할지 모르겠어."

"아이들이 좀 더 크고 나면 괜찮겠지, 그때 실컷 놀지 뭐."

"다 지나간대. 그러니까 같이 애들 키우며 이 삶을 즐기자."

듣고 싶던 대답은 이런 게 아니었는데…. 다시 철학

관 문을 두드렸다. 처녀 시절에는 철학관에 가면 무표정하게 짧은 대답을 하며 나를 맞춰보라 했다. 10년이란 시간이 흐른 뒤의 나는, 무릎이 닿기도 전에 쉴 새 없이 입을 풀어댔다. 유아 수준으로 언어능력이 떨어진 줄 알았는데 얼음산이 마냥 몸과 입으로 신나게 떠들고 있었다.

"언제까지 주부로 살 순 없지 않을까요? 저도 분명 잘하는 게 있을 거고, 할 수 있는 일이 있을 텐데, 아이를 키우면서 할 수 있는 일이 뭐가 있을까요?"

"최근에 호기심을 갖고 눈여겨보는 일들은 이런저런 것들이 있는데, 그중에서 뭐가 저랑 잘 맞을까요?"

심리상담소나 직업상담소를 찾아가 물어야 하는 질문을 여기서 하고 있었다. 아니, 의도적으로 잘못 찾아갔다. 거기서는 나를 지나치리만큼 간파할까 두려웠고, 오히려 더 깊은 상처를 낼까 피했다. 그들 외에 나를 알지 못하는, 나를 안 적 없던 사람을 앞에 두고 내 얘기를 하고 싶었다. 선입견 없이 나를 봐줄 사람, 인생은 고행이라고 말하는 무수한 사람들을 만나본 사람이 나를 봐주길 바랐다. 나의 그림자 안에선 내가 가장 힘든 사람이지만, 그의 그림자 안에선 나는 희망의 지푸라기라도 잡을 수 있는 사람일 수도 있었다. 물음표로 시작했지만, 쉼표와 느낌표로 대답해 주길 바랐다.

돌아오는 길엔, 이젠 오지 않아도 된다며 다그친다. 하지만 답답함과 불안감이 묵직하게 누르기 시작하는 순간, 다시 찾아가는 나를 발견한다. 늘 그랬듯, 내 결정과 행동이 옳은 것이며 다들 겪는 과정이라는 말을 건네준다. 충분히 위로가 된다. 불안감과 두려움이 조금은 사라진다. 속 시원히 내 얘기를 하고 싶을 때, 내가 가고 있는 길이 맞는다는 답을 듣고 싶을 때 하소연하고 오면 속이 시원하다. 그게 바로 내가, 나를 전혀 알지 못하는 사람이 있는 곳인 철학관을 찾는 이유이다.

105동 303호의 그녀들과

티브이 속에 아나운서가 들려주는 내용은 들리지 않는다. 어릴 적, 뉴스 속에서 들려주는 말을 고심이 듣던 아빠를 신기하게 바라보던 그 시절의 나로 돌아간 듯했다. 보고는 있지만 이해할 수 없는 말들의 대잔치였다. 까막눈인 양 자막으로 알려줘도 쉽사리 이해가 되지 않았다. 여느 때처럼 아이를 재우고 난 늦은 밤. 이웃 블로그를 보다가, 평소 좋아하던 김미경 작가의 책을 발견했다.

『꿈이 있는 아내는 늙지 않는다』

'급격하게 늙는 중인데, 꿈이 있으면 늙지 않는다고? 속도를 더디게 할 수 있는 건가?'

'얼마나 인기가 있어 개정증보판으로 나왔지?'

어느새 손가락은 자연스레 주문 버튼을 눌렀다. 그
날 밤이 어서 지나길 기다렸다.

두 손에 책을 쥐고서는 '아내들이여, 가슴 뛰는 삶을
포기하지 마라', 부제를 한참 들여다보았다. 더는 가슴
뛰는 삶을 가질 수 없다고 여겼는데 아니었나 보다. 말
하지 않고 표현하지 않아 몰랐을 뿐 가슴 뛰는 삶을 바
라고 돌아가고 싶었나 보다. 밤이 어떻게 흘러가는 줄
도 모른채, 오랜만에 책 속에 깊이 빠져들었다. 저자와
자매들의 이야기를 접하며 다들 겪는 시기이구나, 다행
이다 했다.

'105동 303호에서 탈퇴하라'라는 글이 유난히 머리
를 세게 쥐어박았다. 아내들이 가장 먼저 바꿔야 할 것
으로 105동 303호 탈퇴를 꼽았다. 비슷한 처지의 아내
들이 모여 매일 비슷한 이야기를 하다 보면 무한 속도
로 발전하는 세상의 흐름을 읽지 못해 뒷걸음질할 수
있다는 내용이었다. 귀 한쪽을 잡아당기며 또렷하게 속

삭였다.

'그러니 네가 지금의 뉴스를 이해하지 못하는 거야. 네가 멈춰있는 시간 너머엔 급격히 발전하는 세상이 있어.'라고 말이다.

105동 303호의 특징을 정리해 보면 이렇다.

'했던 이야기를 수없이 리바이벌한다.'
'내가 더 못 산다의 베틀이다.'
'대화 수준에 맞춰 차츰 분별력을 상실해간다.'
'부정확한 정보에도 다른 견해를 말하지 못한다.'

내 얘기였다. 매일 같이 그네를 밀며 저녁 거리를 묻는다. 아이들 육아로 힘듦을 말하면 내가 더 죽겠다는 한탄이 돌아온다. 아이들의 수준에 맞는 대화체와 단어가 익숙한 엄마들은 쓰는 단어도 한정적이다.
듣는 음악이라고는 동요가 전부라 요즘 인기 있는 가수는 누구인지, 아이돌 그룹이나 멤버 이름은 전혀 모른다. 지금 말하는 정보가 사실에 근거한 것인지 아닌지도 모르는 채 카터라 통신에만 의존한다. 세상과 점점 단절되며 소통의 범위도 좁아지고 있다. 같은 부분을 몇 번이고 읽으며 정신 차리겠다고, 내 삶을 찾아가리라 했다. 내가 나를 사랑하고 존중해야 아이도 잘 키울 수 있음을 깨달았다. 나의 자존감이 아이의 자존감에 지대한 영향을 줌을 글로써 다시 확인했다.

며칠 후, 지인이 김미경 강사의 강연 초대장을 보내주었다. 네가 이렇게 사는 애가 아닌데, 답답해할 것 같다며, 꼭 주고 싶다 했다. 현장에는 100명이 넘는 주부들로 가득했고, 그들 나름의 사연과 고충이 있는 듯했다. 책 한 권 달랑 들고 온 나와 달리, 필기구와 노트를 준비해온 사람들을 보며, 덜 절박하구나 반성했다. 책의 내용이 많이 언급되었지만, 텍스트를 넘어 작가의 열정과 에너지가 전해져 가슴이 뛰었다. 오프라인이고 카메라가 없으니, 독설도 좀 보태겠다며 시원하게 비판하고 충고하는 모습에 몇 번이고 소름이 돋았다 내려앉길 반복했다.

'맞아. 나 이렇게 살면 안 돼. 미쳤어. 지금까지 잘해

왔잖아. 그럼 됐어. 이제 나가도 돼. 내 삶도 찾고 아이들의 삶도 찾자. 당장 실행하는 거야.'

　객석의 많은 사람 속에서 울고 웃으며 두 시간을 보냈다. 집에 돌아온 후에도, 여운이 가시지 않았다. 아니, 떠나보내고 싶지 않았다. 친언니한테 전화를 걸었다. 어디서든 일을 해야겠다고 선언했다. 잘 생각했다며, 이제 너를 찾으란 답이 돌아왔다. 나보다 적극적이던 언니는, 기존에 하던 일과 다르지만 서비스직이라 도전해 볼 만하다며 일자리를 알아봐 주었다. 외국계 기업의 영업직이었다. '영업'이란 단어에 주춤하긴 했지만, 30대 중반인, 아이 둘이 있는 엄마가 도전할 수 있는 게 어디냐며 공채에 지원했다. 절박함이 전해진 것일까, 면접을 보던 인사 부장님이 보여주던 호의적인 미소는 합격이라는 두 글자로 돌아왔다.

　그렇게 잊고 있던, 방치했던 자신감을 찾으며 105동 303호에서 자연스레 탈퇴했다. 그즈음, 워킹 맘들도 하나둘씩 직장으로의 복직을 마쳤다. 육아라는 현실에 부딪혀 1년도 채 되지 않아 다시 주부의 삶으로 돌아왔지만, 이전과는 다른 삶을 살고 있다. 가정과 일의 두 마리 토끼를 잡는 그녀들처럼, 내 삶만의 여러 마리 토끼를 잡고자 고군분투하는 중이다.

105동 303호에서 탈퇴를 꿈꾸는 엄마들에게 감히 말한다. 현실에 한탄하며 주저앉고 싶은 지금이, 훗날을 향한 초석이 되어줄 것이라고. 당장은 한없이 잦아드는 자존감과 자괴감으로 힘들 수 있지만, 이 과정을 겪어야만 한층 더 발전하는 자신을 만날 수 있다고 말이다. 가장 힘든 순간을 함께 한 그녀들이, 저마다 각자의 길과 목표를 향해 멀리멀리 점프해가길 격려하고 응원한다.

패(敗)라는 이름의 굳은살

'우리 아이는 승부욕이 강해서 큰일이에요. 어떻게 하면 나아질까요?'

'승부욕'을 검색창에 쳐보면 승부욕이 강한 아이는 어떻게 키워야 하는가와 관련된 질문들로 도배된다.

첫째의 타고난 승부욕은 어느 정도 짐작했었다. 육아서에 적힌 뒤집기, 첫걸음마 시기는 조리원 친구들과 비교하면 다소 늦었다. 6명의 쪼꼬미 아기들이 나란히 누워 뒤집는 모습을 뚫어져라 관찰하고 온 날은, 될 때까지 시도를 했다. 몸이 무거운 편이라 늦게 뒤집나 했는데 그동안 몰라서 못 했던 건지 얼굴 전체가 땀으로 젖을 만큼 시도했다. 조금만 더 엎어지면 될듯한데 한

끗 차이로 되지 않는 아이를 보며 함께 땀으로 젖어갔다. 친구들의 걷는 모습을 관찰하고 온 날은 오후부터 시작해 다음 날 오전까지 걸음마 보조기를 밀며 쉼 없이 시도했다. 수백 번의 도전 끝에 결국은 성공했고 만족스러운지 입을 함지박만 하게 벌리고 계속 이어갔다. 그때까지만 해도 뭘 해도 할 녀석이라며 다문 입술을 끄덕일 뿐, 앞으로 겪게 될 일은 상상조차 하지 못했다.

아이가 자라면서 승부욕이 함께 자란 건지, 하루걸러 하루 사과하러 다니느라 바빴다.

"정말 미안해요. 다음부턴 이런 일이 없도록 할게요. 정말 죄송해요."

놀이 끝에 친구들 중 적어도 한 명은 울음을 터트리거나, 내 아이가 토라져서 심술부리는 날이 흔했다. 달리기를 하다가도, 킥보드를 타다가도 1등으로 들어오지 못하면 과감히 반칙을 쓰거나, 무효화했다. 1등 할 때까지 해야 했고, 스스로 만족할만한 결과를 얻은 후에야 다음 놀이로 넘어갔다. 보드게임을 하다가도 이기

지 못할 거 같으면 판을 엎거나, 빠져나가려 하는 상황
이 비일비재했다. 휴대폰에 유치원 이름만 떠도 어깨와
목이 오므라들고, 어느새 양손은 공손히 포개어진 채
폰을 받치고 입 모양을 막았다.

6살, 4살이 된 아이들을 데리고 어린이날을 맞아 '종
이비행기 멀리 날리기' 행사에 참여한 적이 있다. 주말
마다 종이비행기 날리는 연습을 한 첫째는 20명 남짓
한 유치부 친구들 사이에서 시작 전부터 의기양양했다.
기대와 달리 예선부터 탈락한 첫째는, 준우승한 동생이
상을 받는 모습을 보며 온몸으로 짜증과 울음을 표현했
다. 이제 겨우 4살 된 동생은 밑에서 우는 형에게 시선
이 고정된 채, 우승의 기쁨을 즐기지 못했다. 혼내고, 달
래고 하다 보니 어느새 직원들의 행사장 정리마저 끝나
버렸다.

육아 전문가들이 쓴 서적이나 강의를 보면 승부욕이
강한 아이는 비교는 금물이고, 결과보단 과정을 칭찬해
주어야 한다는 조언들이 많아 결과엔 중점을 두지 않았
다. 혹여, 너무 일찍 동생을 맞이해서 그런 건가 하는 미

안함에 둘째보단 첫째와의 시간을 많이 가졌다. 그런데도 넘치는 승부욕으로 인한 고충으로 아이 심리 상담 전문가를 찾기도 했다. 승부욕도 재능이긴 하지만 상당한 아이임을 인정하면서 억제보단 긍정적으로 키워주자 했다. 너무 없어도 고민이고, 지나쳐도 고민이지만, 상황에 따라 적당히 성취감이 있는 놀이를 제공해 주면 강점을 더 많이 찾을 수 있다며 함께 노력하자 했다.

지는 것을 받아들이는 굳은살을 키우기 위해 인라인스케이트를 시작했고 선생님의 지도가 있는 보드게임 학원에 보냈다. 혼자가 아닌 단체 활동을 하면서, 규칙을 지키는 방법도 배우고 패를 과감히 받아들이길 바랐다. 초등 입학을 하면서는 바둑학원으로 갈아타며 패를 받아들이는 것 이상으로 상대방을 예의 있게 대하는 법도 배우길 바랐다.

2022년 봄, 3학년이 된 첫째와 1학년이 된 둘째가 함께 참여하는 바둑대회가 열렸다. 횟수로 4번째 참가이지만, 날짜가 다가올수록 걱정이 밀려왔다. 그전 대회에서 본선 진출에 탈락한 첫째의 눈물에, 둘째는 준우

승을 하고도 시상식에 참여하지 못했다. 이번만큼은 우
승이 꼭 하고 싶다는 둘째에게 우승보다 최선을 다하는
게 더 중요하다 말하며, 1등도 할 수 있을 거라는 말을
차마 하지 못했다. 트로피도 상품도 없는 우수상을 받
아 실망할 줄 알았던 첫째는, 예상과 달리 담담하게 결
과를 받아들였고 동생의 우승 소식도 전해주었다. 처음
으로 동생의 우승에 진심으로 기뻐하는 모습을 보며 마
음이 시큰거렸다.

아이는 그 나이만큼 성장한다는 말은 매 순간 통하
나 보다. 기다리면 되는 것인데 억지로 억누르려 했던
것이다. 아이의 승부를 향한 욕망은 조금씩 매끄럽게
다듬어지고 가벼워지고 있었다. 이날, 둘째의 트로피만
큼이나 첫째의 변화가 반짝였다. 패(敗)를 과감히 받아
들이기까지 마음속의 굳은살을 단단하게 해준 첫째가,
그날 내 마음의 진정한 우승자였다.

함께 넘을 수 있도록
· · · · · · · · · · · · · · · · · ·

육아(育兒): 어린아이를 기름.

양육(養育): 아이를 보살펴서 자라게 함.

임신이라는 축복 너머엔 출산, 육아, 양육이라는 이름의 수십 개의 허들이 있다.

1년에 하나씩 넘어야 하는 미션 앞에서, '엄마'는 아이를 지켜주며 함께 넘어서야 한다.

첫 번째 허들은, 보육이었다.

태어난 순간부터, 아이의 생리적인 활동에 신경이 쏠렸다. 조리원 동기들, 육아 서적, 온라인 정보교류 방을 통해 아이의 신체 발달 정보를 공유했다. 뒤집기로 용쓰는 아이를 옆에서 응원하고, 기어보겠다며 애쓰는 아이를 앞에서 응원했다.

두 번째 허들은, 직립보행이었다.

아이의 첫 번째 생일날, 아장아장 걸어 들어오는 모습을 보여주는 것이 나를 포함한 엄마들의 꿈이다. 꿈과 현실이 다르듯, 네 바퀴가 달린 유아 전용 승용차에 앉아 리모컨의 조종을 받으며 입장했다. 언제 걸어도 걸을 걸음마인데도 상대적으로 느린 아이를 보며 내심 조바심을 가지기도 했다.

세 번째 허들은, 생애 첫 사회생활에서의 적응이었다. 만 24개월 전후로 아이들의 첫 사회생활이 시작된다. 24시간 함께 하던 엄마의 품을 떠나 어린이집이란 기관에 간다. 처음으로 단체생활을 시작하며 선생님과 친구들을 사귄다. 보내자니 안쓰러우면서도 계속 데리고 있자니 그것도 망설여진다. 동생을 맞이해야 한다는 핑계로 준비가 되지 않은 아이를 밀어 넣듯 보낸다. 보내고 돌아오는 길은 늘 눈물이 맺힌다. 생각보다 잘 지내주는 아이에겐 고맙고 미안한 마음만 가득했다.

네 번째 허들은, 정보탐색이었다.

전집으로는 어떤 것이 좋은지 부지런히 도서관을 다니며 보기도 하고, 몇 세트는 집에 들였다. 어린이집을 한 해 더 보낼 것인가, 5세에 유치원으로 보낼 것인가에 대한 고민이 생기며 관련 교육기관 쇼핑을 다니느라 분주했다.

다섯 번째 허들은, 새로운 적응이었다.

어린이집보다 더 크고 체계적인 프로그램을 갖춘 유치원을 보내며 선생님과 친구들과 사이좋게 지내길 바랐다. 제대로 된 사회생활이라 노는 것도, 배우는 것도, 인성을 갖추는 것도 다 부지런히 배우고 갖춰가길 바랐다.

여섯 번째 허들은, 이렇다 할 미션이 없었다.

육아 인생에서 가장 평화로운 시기였다. 아이는 기관에 잘 적응하며 무럭무럭 자라고 있었다. 전업주부로 있던 엄마들이 자기계발을 하거나 새로운 일을 찾았다. 나 역시 운동, 일, 공부, 취미 생활에 몰두해도 시간이 남을 만큼 여유로웠다.

폭풍전야라는 말처럼, 6세가 안정기였던 이유가 있었다. 일곱 번째 허들은, 직장인 스케줄 소화하기였다.

7세인데 7세를 위한 시간이 아니었다. 유치원에서 그저 해맑게 보내던 6세 때와 달리, 초등 입학 준비를 해야 했다. 여태 사교육을 하지 않은 집들도 하나둘씩 한글 교육과 수학 교육을 시작했고, 더러는 엄마표 학습도 했다. 7세는 초등 입학을 위한 디딤돌의 시간. 나도 아이도 적당히 분주해지며 한글, 수학, 한자 등에 시간을 쏟았다.

드디어 입학하는 8세의 여덟 번째 허들.

있지도 않은 초등학교 담장은 유난히 높게 느껴졌다. 유치원처럼 일일이 케어해주는 곳이 아님을 알기에 걱정이 늘어졌다. 아직도 한없이 작은 꼬마 같은데, 아이의 키만 한 가방을 메고 학교에 간다고 생각하니 가슴이 먹먹해졌다. 학교 갈 날이 다가올수록 설렘을 말하는 아이와 달리 나는 걱정을 말했다.

아홉 번째 허들은, '교우관계'다.

소위 '라떼는 말이야'보다 빠른 속도로 다가오는 동

성, 이성 친구와의 갈등을 겪는 아이를 보며 어떻게 헤쳐나가야 하는지, 더욱 현명한 방법을 찾기 위해 여전히 고군분투하는 중이다.

유아기 시절은 '육아'가 엄마들의 최대 관심사였다면 학령기에 접어든 아이들과는 '양육'이란 커다란 허들을 넘어야 한다. 아이와 함께, 그 나이에 맞는 허들을 넘으려 한다. 아이가 넘어지면 일어나서 뛸 수 있게 격려해 줄 것이고, 허들이 넘어지면 일으켜 세워 다시 도전할 기회를 줄 것이다.『아이가 공부에 빠져드는 순간』의 유정임 저자는, 참으로 빨리 다가오는 아이들의 미래에 '엄마'의 이름으로 격려하자고 말한다. 마지막 허들 앞에서 오롯이 아이 혼자 넘어설 수 있게, 최선을 다해 밀고 끌어주려 한다.

두 근 반, 세 근 반 삼인 사각 상담

　첫째를 어린이집에 데리러 간 첫날, 가방 속엔 직사각형 모양의 작은 수첩이 들어있었다. 기초체온, 낮잠 시간, 먹은 음식, 원에서의 활동 등이 적혀있었다. 아이를 데리러 가는 길에는 늘, 낮잠을 얼마나 잤을지, 점심은 충분히 먹었을지 등의 궁금함이 함께했다. 짧게나마 적어주는 알림장에 적힌 내용을 참고 하는 것 외에도, 수시로 담임 선생님과 상담을 했다. 어린이집에서의 상담은 밝고 건강하게 잘 자라는 아이의 모습을 확인해주는 시간이었다.

　유치원을 보내며, 상담의 속성이 달라지기 시작했다. 신체활동을 좋아하고 행동이 자유로운 아이는 숲 유치원에 다녔다. '나는 자연인이다'의 주인공처럼, 눈이 오나 비가 오나 자연과 함께했다. 나뭇가지, 흙, 돌, 풀 등을 가지고 아이들만의 놀이를 만드는 유치원 생활이 재미있다고 말하는 아이와 달리, 원에서는 삼 일이 멀다 하고 전화가 왔다. 몸으로 표현하는 것을 좋아하고, 기다림이 어려운 아이라 소소하게 문제가 되는 상황이 발생했다. 말로써도 충분히 표현할 수 있음을 가르치고, 기다림과 양보를 통해 얻는 것이 생길 수도 있다는 것 등을 가르쳤다. 선생님과 엄마가 함께 노력해서인지, 6세가 되면서는 '보조 선생님'이란 별명까지 붙었다. 아이의 변화에 선생님도, 가까이 지내는 엄마들도 놀랍다 했다.

독립심, 승부욕, 좋고 싫음이 선명한 아이가 어느덧 초등생이 되었다. 전례 없던 코로나로 인해 1학년 학교생활을 제대로 해보지도 못한 채 2학년이 된 아이의 학교생활에서 여진이 몰려왔다. 처음 유치원에 보내던 시절로 돌아간 듯 긴장의 나날을 보내던 5월 어느 날, 예상치도 못했던 강진이 일어났다. 교실 전화번호로 전화가 걸려왔다.

"어머님, 제가 정말 말씀 안 드리려고 했는데… 몇 번 망설이다 전화 드립니다. 아이의 행동이 격하고 통제가 되지 않습니다."

'대체 무슨 일이 있었을까? 어떤 잘못을 저질렀을 까? 대체 얼마나 큰일이기에 이 시간에 전화가 올까? 다친 게 아니라 다행인 거지? 아이는 엄마와 선생님이 전화하는 걸 보고 있는 것일까? 그 모습을 보며 가슴이 졸려오진 않을까?'

머릿속이 온갖 실타래로 엮이기 시작하며, 말 대신 눈물이 쏟아 내렸다. 가슴만 내리칠 뿐, 아이의 하교를 기다리는 것 외엔 할 수 있는 게 없었다.

"혹시, 선생님이 엄마한테 전화…"

말이 채 끝나기도 전, 아이가 울기 시작했다. 아무것 도 묻지 않고, 아무 말도 하지 않았다. 충분히 훈계를 들 었을 아이를 밀어붙이기보단, 적당한 시간을 주고 싶 었다. 사건의 발단은 이랬다. 첫째는 키에 비해 날씬한

편이다. 같이 어울리는 친구 두 명은 상대적으로 체격
이 큰 편이고, 나머지 애 한 명은 우리 아이와 비슷하
다. 복도나 운동장에서, 넷이서 과격하게 노는 일이 잦
아 여러 번의 경고를 받았다. 지는 걸 싫어하는 첫째는
그 몸싸움에서 이기려 같이 덤비던 그 날, 결국 반 친구
들과 옆 반 선생님까지도 민원을 제기하며 일이 커진
것이다.

　　며칠 후, 선생님을 찾아뵈어 상황을 듣고 이야기를
나누었다. 새 학기부터 말썽을 일으켰지만, 크게 훈육
하지 않은 나의 경솔함을 사과했고, 선생님은 화를 억
누르지 못하고 쉬는 시간에 전화한 게 후회스럽고 죄송
하다 했다. 코로나 키즈로 1학년 같은 2학년을 맡아 힘
드심을 조금은 이해함을 전하며, 가정에서도 몸으로 노
는 수위를 조절하겠다 전했다. 그 후부턴, 주기적으로
선생님과 소통하여 아이의 행동에 대한 피드백을 주고
받았다. 학년이 끝나갈 즈음엔, 아이가 매우 차분해졌
다고, 혹여 아이를 때려잡은 거냐는 우스갯소리를 하는
사람도 있었다.

아이를 기관에 보내기 시작하면서부터는 '상담'을 피해 갈 수 없었다. 기대로 가득 찼던 유아기 시절의 상담은, 날이 갈수록 우려 가득한 상담으로 변하고 있었다. 그래서 그 시간을 피했다면 어떻게 되었을까… 내 아이를 객관적으로 바라보지 못한 채, 놓치고 지나가는 부분이 쌓여갔을 것이다. 『나는 가해자의 엄마입니다』의 저자이자, 1999년 콜럼바인 총격 사건의 가해자 엄마인 수 클리볼드는 아이에 대한 맹목적인 사랑 때문에 부모는 걱정스러운 행동을 보지 못하거나 나름대로 납득하고 넘어가려고 하기 쉽다고 말한다. 무언가를 감지했을 때 행동으로 옮기기는 무척 힘겨운 일이지만, 그렇게 하지 않으면 엄청난 후회가 닥칠 것이란 글을 보며 내 아이의 일이 수면 위로 떠오른 것이 다행이라 여겼다.

아이를 보내는 엄마, 적응하는 아이, 보살펴주고 가르치는 선생님. 세 사람이 함께 발맞춰나가는 '상담'이란 삼인 사각처럼, 앞으로도 아이를 위해서라면 적극 참여할 것이고, 변화해야 하는 부분이 있으면 함께 노력해 나갈 것이다.

미안함이란 겉옷을 벗어던지려

엄마들을 만날 때면, 꼭 한 명 이상은 그날 아이에게 느낀 미안한 일에 대한 고해성사를 한다. 워킹 맘은 혼자 등하교하고 간식 챙겨 먹고 학원을 가야 하는 아이에 대한 미안함으로 하루를 시작하고, 전업주부는 직장에 다니지 않음에도 아이에게 온전히 집중하지 못한 미안함으로 하루를 마무리한다. 그들의 이야기를 듣는 것만으로도 오늘 나의 행동이 팝콘처럼 떠오른다. 하루에 두 번 차오르는 밀물처럼, 두 아이에게서 오는 감정을 받아내기 버거울 때는 허우적거리기도 하고 도리어 가라앉길 자청할 때도 있다.

아이에게 심한 말을 하거나, 짜증을 내서 미안해한다. 정서적인 교감을 충분히 가지지 않음을 미안해한다.

원하는 것을 해줄 수 없는 상황을 미안해한다.

아이가 얼마나 힘들었을까 감정을 이입하며 미안해한다.

그 마음을 제때에, 제대로 전달하지 않음에 또 미안해한다.

잠든 아이를 바라보며 내일은 좀 더 참고, 화를 누르려 다짐한다.

그럼에도 육아는 정말 나랑 맞지 않는다며, 오늘의 행동에 합리화하기도 한다.

"아까 엄마가 화내서 미안해."

"엄마가 집안일 하느라 시간이 없어서 많이 못 놀아줘서 미안해."

"많이 기다렸지? 내일은 안 늦도록 할게."

"지금은 돈이 부족해서 안 되니까 다음에 모아서 사줄게."

미안함을 전하는 순간들이 일관되어 그런 건지, 미안함을 말하는 엄마의 표정과 눈빛을 전달받아 그런 건지, 아이가 먼저 눈치채기도 한다.

"내가 잘못해서 혼난 거니까 괜찮아요."

"엄마는 청소, 빨래, 설거지, 밥도 해야 하고 공부도 해야 하니 괜찮아요."

"친구들이랑 교구 놀이하면서 기다리면 되니 괜찮아요."

"내가 돈 많이 벌어서 사면되니까 괜찮아요."

나의 감정이 아이에게 고스란히 전달됨을 보며 미안함으로 완전히 무장된 옷을 벗어 던지지 않으면 안 될 거 같았다. 대신, 그 순간을 이야기 나눔으로써 서로의 말을 듣고 여러 감정을 교류함을 택했다.

"엄마는 네가 다칠까 봐 걱정돼서 그랬던 거야. 안 다쳐서 다행이긴 하지만 조금만 더 조심해 줬으면 좋겠어."

"오늘따라 집안일이 많이 밀렸네. 대신 내일 더 많이 놀아줄게."

"오늘 하던 일이 좀 늦게 마무리되어서 엄마가 늦었네. 내일은 일찍 서두르도록 할게."

"다른 엄마들처럼 회사에 나가지 않으니까, 돈을 잘

벌기가 힘드네. 오래 걸려도 기다려주면 사줄 수 있을
것도 같아."

훌쩍 성장한 아이에게서 돌아오는 대답 속에는 배려
한 스푼까지 담겨있다.

"엄마가 걱정할 만큼 위험하게 놀지 않아요. 그리고
저 생각보다 잘 안 다쳐요."
"괜찮아요, 우리 둘이 놀면 돼요. 엄마 할 일 다 하고
시간 남으면 그때 같이 놀아요."
"빨리 운전하면 사고 날 수도 있으니 천천히 오세요."
"사실은 그거, 꼭 필요한 건 아니었어요. 있으면 좋겠
다는 거였어요."

이렇다 할 설명 없이 전했던 "미안하다"라는 말 대
신, 소통하기 시작했다. 마음속 깊이 구겨져 있던 미안
함을 반듯하게 펴는 순간, 새로운 이야깃거리가 만들어
졌다. 자연스레 이어진 대화 속에서 솔직한 속마음과
생각을 읽을 수 있었다. 엄마는 아이의 입장에서, 아이
는 엄마의 입장에서 문제를 바라보았다. 눈높이를 맞추

니 납추처럼 올라와 있던 미안함의 무게는 점점 가벼워졌다. 대화를 나누며 서로가 존중받고 있다는 것도 느끼게 되니, 미안함은 자연스레 당당함으로 바뀌었다. 아이에게 미안하지 않은 엄마와 좋은 엄마를 찾기 힘든 것처럼, 엄마에게 미안해하지 않는 아이와 좋은 아이를 찾기 힘든 것도 마찬가지다. 세상에 완벽한 부모와 자식이 없는 것처럼, 모자라거나 부족한 모습도 당당하게 인정하고 받아들이며 미안함의 겉옷을 조금이나마 벗어던지려 한다.

제 3 장

엄마의
양육철학 언박싱

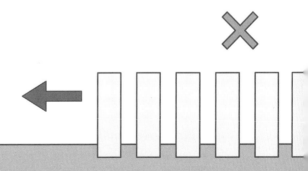

우리 집 여당 꼬마의원과
야당 꼬마의원

"치킨 시킬 건데 어떤 걸로 주문할까?"
"양념치킨요."
"간장치킨요."

"피자 시킬 건데 뭘로 시킬까?"
"고구마 피자요."
"베이컨 피자요."

20개월 차이로 태어난 우리 집 여당과 야당 당원 꼬마들은 오늘도 다른 목소리를 낸다. 의견 불일치는 물론이고 외모, 성격, 성향, 기질 등 겹치는 부분이 드물다.

첫째는 도전적이며, 과감하다. 계단 5개 위에서 뛰어

내리기, 미끄럼틀이나 정글짐 꼭대기 위에 올라서기, 우사인 볼트처럼 빠르게 달리기, 마이클 조던만큼 높이 뛰어보기 등 본인만의 목표를 가지고 낼 수 있는 최고 속도로, 최선을 다해 스스로 만족할 때까지 도전한다.

둘째는 할 수 없을 거 같은 행동 앞에선 주춤한다. 도움을 요청하거나, 몇 번의 고심 끝에 도전을 포기할 때도 있다. 때로는 형이 나타나는 순간, 모든 고심과 망설임은 허세와 자신감으로 변하기도 한다.

첫째는 후각과 미각이 예민해 처음 보는 음식은 일단 코부터 막는 반면, 둘째는 아무 음식이나 가리지 않는다. 심지어 산낙지, 편육, 감자탕도 즐겨 먹는다.

둘째는 촉각이 예민해 새로 사는 옷들의 상표는 무조건 제거해야 한다. 브랜드 옷의 텍을 제거할 때는 돈이 송두리째 날아가는 기분에, 엄마는 내의라도 억지로 입혀 겉옷의 상표를 살리려 애쓰기도 한다.

문자와 배움에 관심이 많은 첫째는 새로운 것을 배우는 것에 희열을 느낀다. 과도하다 싶을 만큼 학습에 열심이라, 정작 매진해야 할 시기에 흥미를 잃지 않을

까 방아쇠를 느슨하게 조였다 풀어주길 반복한다. 둘째
는 첫째의 그 나이 때와 비교하면 아직은 문자나 학습
에 관심이 없다. 매일 놀아도 또 놀고 싶다고 말하는 둘
째가 최근에 친한 친구가 생겼다기에 물었다.

"요즘 그 친구 이야길 부쩍 많이 하네. 모둠활동을 같
이 하게 된 친구니?"
"아니요, 그 친구랑 나랑 만 한글을 몰라서요. 우리
둘이 교구하고 놀아요. 히힛."

'가수는 노래 제목 따라가고, 작가는 책 제목 따라간
다는데, 너는 <해맑은 반> 교실 이름 따라 해맑구나.'
아이의 웃음에 덩달아 웃었다.

첫째는 또래에 비해 진중한 편이다. 전형적인 경상
도 남자처럼 무뚝뚝하고 속이 깊어 어떤 엄마들은 '츤
데레'라고도 한다. 웬만해선 혼자 삭히려 하는 아이라
아이의 표정과 눈빛에서 마음을 읽어야 한다.
둘째는 해맑은 만큼 재잘재잘 이야기하는 것을 즐긴
다. 이른 5시, 칭얼거림으로 엄마를 깨우던 아이는 어느

덧 재잘거리는 속삭임으로 엄마를 깨운다. 먹는 내내, 운전하는 내내, 쉬는 내내 이야기를 해야 하고, 이야깃 거리가 없으면 끝말잇기, 초성 퀴즈, 난센스 퀴즈 등을 내며 잠시도 대화의 흐름을 끊으려 하지 않는다.

"우리 3초만 쉿 해볼까?"
"네! 쉿, 쉿, 쉿."

종일 이야기꽃을 피운 아이는 꿈속으로 빠져드는 순 간까지도 이야기하다 잠든다. 말하고 싶어서 어떻게 잠들까 하는 날도 있을 만큼, 조용한 첫째와는 다른 아 이이다.

첫째는 여러 명의 친구를 사귀는 것보다 오래 함께 할 수 있는 소수의 죽마고우를 원한다. 좋아하는 친구 에겐 아끼는 것을 서슴없이 나눠주며, 그만의 소중한 추억을 갖길 원한다.

둘째는 형, 누나, 동생, 또래 할 것 없이 사교적이다. 어딜 가든 친구들이 와서 반갑게 맞아주는 분위기를 즐 기는 아이라 "너 정치인이 꿈이니?"라고 농담조로 말하는 어른들도 있다. 삼삼오오 모이는 활동도 즐기고, 분쟁 상황에도 적극적으로 나서서 중재자 역할을 하는 것도 즐긴다.

모든 자녀는 다 다르다는 말처럼 두 아이는 틀린 게 아니라 다르다. 아이들의 특성에 맞춰주어야 함을 알면서도 선택의 순간에는 버거울 때가 있다.

결국 양념 반 간장 반인 치킨을 주문하고, 고구마 반 베이컨 반인 피자를 주문한다. 아이들이 만든 '3번'의 선택지가 바로, 우리 집 여당과 야당 꼬마 당원들의 '합의점'이다.

엄마의 뇌 vs 아들의 뇌

걸음마다 차가운 기운이 감돌기 시작하던 초겨울. 첫째가 하교 후 친구를 데려왔다. 얇은 티셔츠 한 장만 입고 들어오는 그 아이를 보며 어딘가 허전감이 느껴졌다.

"등교할 때 추웠을 거 같은데 괜찮았니? 외투는 일부러 안 입고 간 거야?"
"아! 맞다!"

양 팔꿈치를 감싸 안으면서도 느끼지 못했던 걸까. 다음 반응이 더 놀라웠다. 엄마한테 이야기 좀 해달라는 말을 전하며, 아무 일 없는 듯 아이들만의 놀이 세계로 빠져들었다. 순간, 내 아이도 그럴 수 있겠단 생각이 번쩍이듯 지나갔다.

불길한 예감은 언제든 맞아떨어지는 법.

신기만 하면 된다며 짝짝이 양말을 신고 등교하는 아이.
(짝짝이 양말을 신으면 친구가 놀릴 수도 있을 텐데…)

바지 앞뒤가 바뀐 채로 입고 있어도 바로 입지 않는 아이.
(바지가 앞뒤가 바뀌면 화장실 갈 때 불편할 텐데…)

갈아입을 옷이 없어도 분수대로 뛰어드는 아이.
(젖은 옷을 입고 다니면 춥고 찝찝할 텐데…)

실내화를 신고 하교하는 게 아무렇지 않은 아이.
(실내화를 신고 오면 다음 날 교실 바닥이 더러워질 텐데…)

같은 종류의 신발을 신고 있는 친구와 신발을 바꿔 신고와도 모르는 아이.
(네 운동화는 산 지 얼마 되지 않은 거라 아까울 텐데…)

어깨와 등짝의 허전함을 느끼지 못하는지, 몸만 하교하는 아이.

(책가방이 없으면 분명히 허전함을 느꼈을 텐데…)

가방을 어디에다 벗어뒀는지 단번에 기억해 내지 못하는 아이.

(동선을 떠올리면 가방이 어디에 있는지 알 수 있을 텐데…)

뭉툭한 연필을 깎지 않은 채, 눌러서 쓰고 쓰고 또 쓰는 아이.

(연필깎이에 10초만 돌리면 그렇게 억지로 눌러 쓸 필요가 없을 텐데…)

책가방을 운동장 한가운데에 던지듯 놓고 정글짐으로 뛰어가는 아이.

(그럼 책가방 위로 먼지 산이 쌓일 텐데)

교실이나 운동장에 잠바를 벗어놓고 놀다가 그대로 하교하는 아이.

(목덜미와 어깨에서부터 허전함을 알아챘을 텐데…)

필통도 없이 몸만 학원 차량에 실어 등원하는 아이.

(자꾸 빌려 쓰면 친구들이 안 좋아할 수도 있을 텐데…)

하루에 한 번 이상 폰을 잃어버리는 아이.

(폰을 목에 걸고 다니면 잃어버릴 일이 없을 텐데…)

친구들과 놀다가, 더운데 우리 집 가서 물먹자며 한 무리를 데리고 들어오는 아이.

(갑자기 우르르 집에 데리고 오면, 편하게 집에 있을 엄마가 당황할 수도 있는데…)

엄마의 의견과 상관없이 친구들에게 초대장을 보내는 아이.

(엄마는 친구를 초대할 준비가 안 됐을 수도 있는데…)

엄마 전화번호를 자기 전화번호인 양 적어서 뿌리고 다니는 아이.

(엄마 전화기는 너와 공동소유가 아닐 텐데…)

왜 매번, 특정 행동 다음에 이어질 상황을 생각하지

못할까? 어떻게 매번 그 순간에만 몰입할까? 불편하고 답답한 부분이 분명히 있었을 텐데 느끼지 못하는 것일까? 이해하려 하면 안 된다, 아들이란 원래 그런 종족이라 받아들이자 하면서도, 관자놀이에 솟구치는 혈관은 어찌할 수 없다.

아이와 시선을 맞추며, 같은 상황이 반복되지 않도록 주의하자며 수없이 다그쳐도 보았다. 특정 멘트만 녹음해서 다닐까 하는 우습고도 진지한 고민을 한 적도 있지만, 변화하기를 바라기보단 내가 기이한 일상에 적응하기를 택했다. 점점 커지던 목소리는 득음을, 점점 내려놓던 마음가짐은 어느덧 초월에 경지에 이르렀다. 지인들에게 내가 죽으면 몸에서 사리가 많이 나올 테니 그걸로 목걸이를 만들든지 줄넘기를 만들든지 하라며, 반은 우습고 반은 진지한 농담 같지도 않은 농담을 하기도 했다.

『아들의 뇌』의 곽윤정 저자는, "아들의 뇌는 전문화되어 있어서 한 번에 여러 가지 일을 동시에 수행하지 못한다. 말하자면 숙제를 하면서 엄마의 질문에 대답하고 심부름하기 어렵다. 아들의 뇌와 대화하기 위해서는 한 번에 하나씩만 대화하도록 하라. 숙제를 하고 있는 아들의 뒤통수에 대고 이야기해 봐야 아들의 뇌는 듣지도, 기억하지도 못한다."라고 한다. 그래서 그랬던 거라고. 한 번에 한 가지밖에 하지 못해 그런 것이라고 받아들이자 하면서도, '화'가 치미는 순간마다 반사적으로 나오는 도리질은 어쩌지 못할 때가 많다.

한쪽 귀만 열린 아들과의 규칙 정하기

『아들 때문에 미쳐버릴 것 같은 엄마들에게』의 책으로 유명한 '자라다 남아 미술 연구소'의 최민준 소장의 강연을 들으러 갔다.

"어머님들, 아들 때문에 미쳐버릴 거 같죠? 똑같은 말 계속해야 하고, 점점 목소리가 올라가고, 아들은 무조건 모른다고만 대답하죠? 내 아이 뒤통수 보고 말하지 말아요. 딱 붙잡고 이름을 부른 다음, 허리를 숙여 눈을 보고 말하세요. 누구야 뭐 뭐 해야 한다고. 길게 말하면 안 들리니까 짧고 굵게 말씀하시고요. 남자들은 다 귀가 안 들려. 웃으시죠? 사실입니다. 그리고, 남자들이 생각보다 참 단순해요. 집에서 그렇게 말 안 듣던 아들이 군대 가면 왜 말을 잘 들을까요? 규칙이 있어서 그래요. 이렇고 저렇고 잔소리 늘어놓으면 하나요? 안 해요. 안 들리거든요. 규칙이니까 해야 한다고 해보세요. 두말 안 하고 해요."

수백 명의 엄마들이 웃다 울기를 반복하며 격하게 공감했다. 나도 그랬다. 그날 그 강연장에서, 육아 인생 중 가장 많이 웃었고 공감해 주는 이들이 있음에 마음까지 편했다. 집에 도착하자마자 남자아이들의 귀가 정말로 안 들리는지 찾아보았다. 언어능력과 관련한 남성과 여성의 뇌 활성화 차이를 연구한 샐리세이비츠 학자는, 말하는 것을 듣고 그 속에 담긴 의미를 파악하는 과제를 실시했다. 남성은 왼쪽 뇌만 활성화되고, 여성은 양쪽 뇌가 모두 활성화되었다고 한다. 다시 말해, 남성은 누군가 말하는 것을 들을 때는 한쪽 뇌만 가지고 듣고 이해하고 기억하는 반면, 여성은 양쪽 뇌를 모두 사용하여 듣고 이해하고 기억한다는 것이었다. 한쪽 뇌만 사용하여 엄마 말을 들으니, 내가 하는 말의 절반도 듣지 못할뿐더러 이마저도 놀이에 집중할 땐 제대로 작동하지 않는 것이었다. 정말 몰라서 모른다고 답했을 수도, 안 들려서 못 들은 것일 수도 있다는 걸 알고 나니 그제야 아들의 행동이 조금은 이해가 되었다. 그렇다고 다 이해해 줄 순 없는 법. 간단하지만 명료한 규칙을 정해 짧은 시간 한 귀에 담아 이해하고 기억할 수 있는 규칙을 정하기로 했지만, 아이들에게만 한정하는 건 공정하지 않은 듯해 엄마가 지켜야 할 규칙도 함께 정해 냉장고에 붙였다.

아이들이 지켜야 할 규칙은 집에 들어오면 학교에서 배운 대로 손 씻기, 이웃 만나면 인사하기, 어른에게 존댓말 쓰기, 밥 먹고 난 그릇은 싱크대에 넣기, 벗은 옷은 빨래통에 넣기, TV는 약속한 시간만큼만 보기, 긍정 확언 읽기, 잠자리에 드는 시간 지키기 등이다. 엄마가 지켜야 할 규칙은 집에 들어오면 손 씻기, 스마트폰 보지 않기, 하루에 한 번 이상 안아주기, 잠자기 전 30분씩 책 읽어주기, 약속한 건 지켜주기, 매주 목요일 가족 사자소학 시간 가지기, 긍정 확언 읽기 등이다.

이스라엘 부모들은 자녀 교육에 있어서 두 가지 원칙을 가지고 있다. 첫째는 약속을 통해 규칙을 세우는 것이고, 둘째는 규칙이 정해지고 나면 절대 타협하지 않는 것이다. 목동은 풀을 뜯어 먹으며 활발한 양들은 간섭할 필요가 없지만, 울타리 밖으로 나간 양들은 울타리 안으로 들여다 놓아야 할 책임이 있다고 한다. 원칙을 정해놓는 것은 바른 습관을 형성하기 위해 중요할 뿐 아니라, 나아가 규칙을 존중하게 하는 방법이다. 간혹, 티브이를 많이 본 다음 날은 시청이 금지되고, 옷 정리가 되지 않은 날은 치워주지 않고 다음 날이라도 치울 수 있게 그대로 두었다. 눈을 마주 보고 "옷", "그릇"이란 단어만 말해도 재바르게 행동하며, 규칙으로 자리 잡기까지 나름의 시행착오를 거쳤다.

4년이 지난 지금, 잠자리에 드는 시간이 점점 늦춰지는 것을 제외하면 잘 지켜지고 있다. 눈뜨면 긍정 확언을 외치며 하루를 시작하고, 먹은 그릇과 입은 옷을 정리한다. 인사 잘한다고 칭찬해 주는 어른들이 많으니, 더 예의 바르게 인사한다. 나는 약속대로 아이들과 함께 긍정 확언을 외치며 하루를 시작하고, 여전히 책을 읽어주고, 스마트폰을 무음으로 해놓으며, 하루에 한 번 이상 아이들을 안아준다. 오랜 규칙이 습관으로 자리 잡으니, 같은 말을 반복하거나 큰 소리 낼 일도 줄어

들었다. 내 아들은 왜 항상 모른다고 말하고, 못 듣는 것일까 고민하는 이들이 있다면, 규칙을 정해 눈에 잘 보이는 곳에 붙이고 실행해 보는 것이 어떨까? 남자아이들은 생각보다 단순하고 칭찬에는 고래보다 더 춤을 잘 추는 걸 알게 될 것이다.

보이지 않는 탯줄 끊기

고등학교 동창 중에 20여 년 가까이 유치원 교사로 재직 중인 친구가 있다.

원감 선생님인 친구는 대학 졸업 후 바로 취업했다. 오랜만에 동창들을 만나면 추억 소환에 급급해 일과 관련한 얘기까지 나눌 여유가 없다. 그러던 중 작년 여름, 친구가 일과 관련한 고충을 토로했다.

"입사했을 때만 해도 기본 생활습관이 형성된 상태로 입소하는 애들이 많았어. 근데 어느 순간부터 그런 아이들이 하나둘 줄어들기 시작하더니, 이젠 아니야. 혼자 밥 먹는 걸 힘들어하거나, 배변 후 처리가 잘 되지 않는 아이들도 있어. 놀이 후 그 자리에서 그대로 일어나 다른 활동을 하러 가는 아이들이 많아 오히려 정리하는 아이한테 미안해지더라고. 무엇보다 사소한 것 하나까지 전부 엄마한테 물어봐야 한대, 스스로 결정을 못 해. 이건 결정 장애와는 완전히 달라."

기본 생활은 둘째치고, 사소한 것들조차 엄마에게 의존하는 아이들. 남의 이야기가 아닌 나와 내 아이들의 이야기였다. 아이들에게 결정 권한을 주기보단 간섭을 했다. 누가 단 것을 나눠주면 이가 상한다며 만류하거나 개수를 협상했다. 심심하다고 징징거리면 이내 놀잇감을 가지고 오거나 사주었다. 둘이 싸우기 시작하면 잘잘못을 따지려 들려 했고, 둘 중 하나는 훈계를 들어야 했다. 약속한 놀이 시간이 지났음에도 놀려고 떼쓰는 아이를 납치하듯 데리고 오며 놀이 욕구를 차단했다.

"엄마, 나 이거 먹고 젤리 먹어도 돼요?"
"엄마, 나 숙제하기 전에 조금만 놀아도 돼요?"
"엄마, 나 오늘은 스케줄 뭐 뭐 있어요?"
"엄마, 나 이따 문방구에 카드 사러 가도 돼요?"

'수많은 육아 서적을 보며, 그렇게 하면 안 된다는 것을 알았으면서도 왜 그러지 못했을까? 아이는 하루에도 수십 번씩 결정을 해야 하는 순간들이 있는데, 왜 사사로운 순간들까지 간섭하고 차단했을까? 간섭은 부모의 욕심에서 나오고, 관심은 아이를 위한 마음에서 나온다는 걸 알면서도 왜 매 순간 내 욕심이 먼저였을까? 독립적인 아이로 성장하길 바라면서, 선택과 결정의 순간엔 왜 나섰을까? 사람 사이에도 바람이 들고 날 만큼의 거리가 필요하다던데, 부모 자식 간에도 그래야 한다는 걸 왜 몰랐을까?'

조용히, 밀도 있는 반성의 시간을 가졌다. 먹는 것, 입는 것, 숙제 등 스스로 선택하고 결정할 수 있는 것은 그럴 수 있도록 적당히 거리를 두고 기다렸다. 새해가 지나고 얼마 되지 않아 이사를 했다. 매번 태워줬던 학원이 도보 10분 거리로 가까워졌다. 당연히 차를 타고 가겠거니 생각하는 아들에게 물었다.

"여기서 걸으면 10분도 채 안 걸릴 텐데, 걸어가 볼래?"
"글쎄요. 한 번도 안 걸어봐서 못 갈 거 같기도 해요."

"엄마 차 안에서 늘 지나가던 길을 걷는 거야, 한번 해볼래?"

"음… 할 수 있을 것도 같아요. 일단 가는 건 해볼게요."

"그래, 잘 생각했어. 넌 충분히 할 수 있을 거야. 중간중간 엄마한테 전화해도 돼."

"알았어요. 전화할게요."

그날 오후, 아이는 도보로 하원까지 했다.

"혼자 걸어보니 어땠어? 해볼 만 했어?"

"네, 엄마. 생각보다 오래 안 걸렸어요. 지나가는 차들도 보고 앞으로 다닐 학교도 구경하고 좋았어요. 담에도 혼자 갈게요."

스스로 할 수 있고 결정할 수 있는 아이에게 선택지를 주지 않았으니 해보지 않았고, 할 수 있음을 몰랐던 것이다. 그날 나와 아이는 한 뼘 더 성장했다.

'방관(傍觀)'은 어떤 일에 직접 관여하지 않고 곁에서 구경하듯 지켜만 보는 것이다.

지켜만 보는 것은 기다림을 필요로 한다. 간섭이란 카드를 들고 수많은 갈등이 오기도 하고, 답답함에 흐름을 끊고 싶을 때도 있다. 하지만 아이들은 스스로 선택하고, 결정하고, 그 과정에서 타협하는 법을 깨우치며 독립적인 인격체로 성장한다. 나와 아이들 사이의 보이지 않는 탯줄을 끊고 적절한 거리를 유지하며, 아이의 선택과 결정을 존중해 주는 엄마가 되기 위해 지금도 적당한 거리를 유지하려 애쓴다.

우리가 함께하는 시간, 요가

우리 가족이 함께 하는 운동이 있다. 바로, '요가'다.

각기 다른 이유로 시작한 운동이 공통의 취미로 자리 잡았다.

학창 시절부터 어깨 밑으로 떨어진 긴 머리를 한 방향으로 틀어, 돌돌 감아올린 똥머리를 했다. 내가 다니던 고등학교 인근에는 무용 학원이 많아 예술 고등학교 학생들을 마주칠 일이 많았다. 그 무리 사이를 지나면, 그들과 같은 무용과 학생이겠거니 상큼한 오해를 하는 이들도 있었다. 외관상으론 얼핏 비슷하게 보일지 몰라도 숨길 수 없을 만큼 확연한 차이가 있었다. 바로 '유연성'이다.

팔, 다리, 허리의 움직임은 각목과 맞먹을 정도로 뻣뻣하다. 죽을힘을 다해 손이 발끝에 닿을 만큼 숙여도 발목은커녕 정강이에도 닿을까 말까 했다. 유연성에 근력마저 부족하니 체력장에서 하는 윗몸일으키기는 단 한 개도 못했다. 그런 몸을 소유했음에도 요가를 시작한 이유는, 아이가 들어서기 위한 최적의 자궁 환경을 만들기 위해서였다. 제로에 가까운 유연성으로 운동을 한다는 것은, 잠수도 못 하는 사람이 물질을 하는 것만큼 힘들었다. 임신이란 간절한 마음 하나로 매주 5일씩 다녔고, 일 년 뒤에는 맨 앞줄에 앉을 만큼 눈에 띄게 발전했다.

첫 아이를 낳고 6개월의 공백기를 가진 후 다시 시작한 요가는 어김없이 좌절을 안겨주었다.

익혀온 동작들임에도 머리는 알지만 몸은 알지 못했다. 출산 직전까지 만든 유연성은 신기루처럼 사라졌다. 나아지나 했더니 둘째가 찾아왔다. 둘째를 어린이집에 보내며 다시 요가 학원을 찾았다. 틀어진 골반과 허리 교정의 필요성이 절실해서 방문한 학원에서, 요가가 처음이냐는 질문을 받았다. 새로운 곳을 등록할 때마다 들던 질문이라 익숙하면서도 씁쓸함을 감출 수 없었다. 최근 2년 동안 공백기 없이 하다 보니, 고난이도 동작에도 과감히 도전하며 아주 가끔 성취감에 도취되기도 한다.

유전자의 힘은 흐트러짐 없이 정직해서, 물려주지 않아도 될 유연성 제로의 유전자를 두 아이에게 빼곡하게 채워주었다. 첫째는 6세부터 인라인스케이트를 시작했지만, 뻣뻣한 허리와 전반적인 유연성 부족으로 훈련 강도에 비하면 실력은 더디게 발전했다. 구부정한 허리를 억지스레 펴는 데 신경 쓰다 보니, 정작 운동에는 집중도 못 하고 속상함에 눈물짓는 날이 잦아졌다. 하면 할수록 슬럼프에 빠지는 아이를 보며 선생님도 나도 안쓰러웠다. 유전자의 정직함을 탓하기만 할 순 없어, 아이도 함께 요가를 시작했다. 적당한 스트레칭과 요가 동작을 적절히 섞어, 아이들이 쉽게 이해할 수 있는 용어로 설명해 주니 재미있게 따라갔다. 매일 요가를 하고 싶다는 말을 하며, 수시로 매트를 깔고 혼자 연습한다.

둘째는 선천적으로 어깨가 내려와 있다. 목에서 연결되는 승모근이 A자로 내려앉아 가방을 메면 흘러내리고, 한여름 티셔츠 한 장만 입을 땐 유난히 축 처져 보인다. 만세 동작 하나를 하는데도 용을 쓰며 허리를 뒤로 젖혀야만 45도 정도 겨우 올릴 수 있을까 말까 한다. 지방을 포함해 수도권 대학병원을 주기적으로 찾아가 어깨를 포함한 성장판 사진을 찍는다. 어깨 전문 재활병원에서 치료도 받아보았지만 통증을 견디기 힘들어해 병원에 가는 날마다 전쟁을 치렀다. 의료진도 일주일에 두 번 치료 하는 것보다 매일 스트레칭을 하는 게 더 나을 거란 소견을 건네며 도움이 될 만한 운동을 추천해 주었다. 엄마와 같은 운동을 하고 싶다는 아이를 데리고 함께 요가 센터를 찾았다. 한 시간 동안 물리치료사 선생님이 몸을 만져주는 것보다 요가 운동이 더 즐겁다고 하는 아이는 적당히 난이도가 있는 동작은 물론, 반가부좌 자세로 집중하는 짧은 명상의 시간마저 즐겁다고 한다.

엄마는 건강을, 첫째는 유연성을, 둘째는 어깨 운동을 목적으로 시작한 요가가 자연스럽게 공통의 취미로 자리 잡았다. 특별한 기구 없이도 아이들과 함께 할 수 있는 운동이 있어 즐겁다. 셋 중 한 명만 시작해도 순식간에 한 공간에 모여 서로 다양한 동작을 보여주며 따라 하기도 한다. 몸으로 대화하고 입으로 행복을 표현하는 사소한 행동에서 웃음소리가 들리고 작은 행복이 솟아난다. 가족끼리 공통된 취미가 있다는 것은 나와 아이들에게 내린 축복이다. 별거 아닌 일에도 웃고 떠들 수 있는 요가 시간은, 어느 때 보다 행복한 웃음이 몽글몽글 솟아난다.

엄마는 아마추어 연출가

둘째가 유치원에 입학하고 한 달 뒤, 부모교육을 위해 유치원 강당에 모였다.

200여 명의 학부모가 빼곡하게 앉아있었지만, 고요 속에 긴장감만 역력했다. 약속된 시간이 되자 마이크를 들고 원장님께서 강단으로 올라오시며 인사를 건넸다.

"반갑습니다. 처음 뵙겠습니다. 저는 ○○○ 유치원 원장 ×××입니다. 부모교육에 참여해 주셔서 감사합니다. 지금으로부터의 2시간은 아이도 부모님도 함께 성장하기 위한 시간입니다. 우리 아이를 인성이 바르고, 사회에 잘 적응할 수 있도록 안팎으로 함께 노력하기 위한 자리니, 앞으로도 적극적인 참여 부탁드립니다. 그런데요, 참 이상하죠? 저는 갑자기 부임해서 오느라,

어머님들 한 분 한 분을 지금 이 자리에서 처음 뵈어요. 그런데 왜 어머님들의 자녀들이 누군지가 눈에 보일까요?"

"······하하하하."

김종원 작가의 『하루 한마디 인문학 질문의 기적』에 나오는 글 중, '정작 학원에 오는 건 아이가 아닌 부모다. 아이의 말과 글, 모든 삶의 태도에서 부모가 그대로 보이기 때문이다.'란 문구가 떠오르며, 다양한 반응들 속에 고개를 떨구었다.

동생을 혼내려는 큰아이 얼굴에서 내가 보인다. "쓰읍" 소리와 함께 눈을 동그랗게 뜨며 아랫입술을 깨물어 치아 사이로 공기를 빨아들인다. 미간에 주름마저 잡힌다. 웃으면 안 되는데 웃음이 난다.

"너 왜 그렇게 눈을 그렇게 떠?"
"엄마도 우리 혼내기 전에 눈부터 크게 뜨잖아요. 제 눈도 엄마만큼 크니까 무섭죠?"

양치하러 들어간 아이들은, 칫솔을 들고 집 안 구석 구석을 돌아다닌다.

"제발 화장실에서 다 하고 나오면 안 되니?"
"엄마도 맨날 그러잖아요."

2층 침대를 사준 첫날부터, 아이들은 다리를 찢어가 며 2층으로 오르내리길 반복했다. 그 모습을 보는 친 언니가,

"너 어릴 때랑 똑같네. 너도 2층 침대에 사다리 타고 올라간 적 없잖아."

아이는 닮지 않았으면 하는 나의 행동을 고스란히 닮고 있었다. 어느 날, 책을 보며 형광펜으로 줄을 긋고 메모하는 엄마를 유심히 보던 큰 애가,

"엄마, 나도 형광펜 하나 주세요."
"네 거 있잖아, 이건 엄마 건데?"
"그 색이 맘에 들어서요. 내 책에도 좀 그어도 되죠?"

그날부터 책만 펼치면 줄을 그었다. 어디에 긋는지 모르지만 미간에 힘을 꽉 준 표정만은 진지하다. 한글이 서툰 둘째도 하나 달라고 한다. 밑줄 치려 책을 읽는 둘째를 보며 "아이는 부모의 등짝을 보고 자란다."던 드라마 대사가 떠올랐다. 인위적으로라도 지금과 같은 상황을 연출해, 아이들의 행동에 긍정적인 변화를 끌어낼 수 있는 방법을 찾을 것이다.

　'병아리는 수탉이 가르치는 대로 노래 부른다.'라는 프랑스 속담이 있다.

　부모의 행동은 어떤 전염병보다 강력해, 아이 삶의 그대로 담긴다는 것은 아이를 키워본 부모라면 누구든 공감할 것이다. 나의 약점이 아이에게서 발견되는 모습에 힘들었다면, 좋은 모습만을 담은 행동을 전해보는 건 어떨까? 초등 4학년, 내 아이의 자아가 자라는 시기까지 일 년 남짓 남았다. 그동안 좋은 영향력만을 전해주려 오늘도 연출할 소재를 찾는다.

오 분이 모자라던 그때
· · · · · · · · · · · · · · · · · · · ·

멍 때리기, TV 광고 시청, 수다, 늑장 부리기, 이불 안에서 뒹굴기, 그마저도 하지 않기. 1,440분인 하루에서 단 5분 동안 할 수 있는 일들은 저마다 다르다.

그러나 두 아이의 엄마인 나에게 5분은 촌각을 다투는 시간이다.

눈에 띄는 것만 대충 정리한 후, 운동을 마치면 11시 10분. 초등 1학년인 첫째의 공식적인 하교 시간은 12시 지만, 급식 시간이 가장 즐거운 아이의 식사 시간은 단 5분이다. 언제 교문을 나설지 예측 불허한 아이를 맞이하러 발걸음을 서두른다. 불쑥 자라려는지, 급식을 먹었음에도 간식을 찾는 아이를 위해 빵과 과일을 준비한다. 한 시간 남짓 동안 아이와 오늘의 일과를 이야기하다 보면 학원 갈 시간이 된다. 첫째의 뒷모습을 보며 손을 흔드는 것도 잠시, 방향을 돌려 둘째를 데리러 간다. 2시 하원이지만 1시 50분부터 순서대로 나오는 아이의 시간에 맞추느라 주차장에서부터 종종걸음으로 달려간다. 신호 운이 좋은 날은 여유 있게 도착해 아이를 기다리지만, 그렇지 않은 날은 아이가 나를 기다린다. 그래봐야 몇 분 상간이지만, 아이의 체감 시간은 아닌가 보다.

"엄마, 내가 안에서부터 보고 있었는데 오늘은 왜 늦게 왔어요?"
"엄마, 오늘 어디 갔다 왔어요? 왜 이렇게 숨차게 뛰어와요?"

그러게 말이다. 너를 몇 분 더 기다리게 하는 것이 그리 잘못된 일도 아닐 텐데, 선생님과 친구들과 짧게나마 이야기 나눌 시간도 될 텐데 왜 그렇게 서둘렀을까, 왜 너를 고작 5분 기다리게 하는 것에 이토록 조급함을 느껴야 하는 걸까?

둘째 아이의 배꼽시계는 수면시간을 제외하고 풀가동이다. 빵과 우유를 미리 준비해서 이동 중에 먹인다. 마트에 들러 저녁 장을 보고 돌아서면 첫째 아이를 데리러 갈 시간이다. 첫째가 두 군데 이상의 학원을 가는 날은, 오자마자 또 간식을 먹고 다른 학원으로 이동한다. 둘째는 혼자 있기는 아직 어리다는 이유로, 형아 학원으로 함께 이동한다. 학원 수업을 마칠 즈음, 또 따라나서야 하는 둘째와의 실랑이가 벌어진다.

둘째가 미술 학원을 다니기 시작하면서는 시간이 더 꼬일 대로 꼬여버렸다. 첫째를 학원 앞에 내려주고 오는 길에 둘째를 픽업한다. 미술 학원에 데려다주고 오는 길에 다시 첫째를 픽업해야 한다. 첫째를 다른 학원에 내려다 주고 오는 길에 다시 둘째를 데리러 가야 한다. 매일같이 비슷한 경로를 다니면서도 주변에 어떤 건물이 올라가고 있는지, 어떤 꽃들이 피는지 자세히 들여다볼 여유조차 없다. 그저 내 아이를 제시간에 도착하게 해야 한다는 임무에 충실하다 보니, 차창 밖 모습을 눈에 담는 것 자체가 사치였다.

살고 있던 동네에는 초등학교가 없어서, 동네 아이들은 근처 가까운 학교로 뿔뿔이 흩어져 다녔다. 걸음으론 20분, 차로는 5분이라 걷는 날보다 차량 등교가 잦았다. 학원마저 차량으로 등·하원을 해야 하다 보니 운전대를 잡는 일상을 당연시했다. 그런데도 통제할 수 없는 교통체증, 시간의 맞물림과 같은 상황엔 짜증이 솟구쳤다. 그나마 위로를 받는 건, 나 같은 엄마들이 더러 있다는 것이다. 창문 너머로 조금만 더 고생하자며 손을 흔들며 위로한다. 이동 경로가 겹치는 날은 라이딩 품앗이도 마다하지 않는다. 이 생활을 3년 가까이 하다 보니 골목길 운전과 주차의 달인이 되었다. 20분, 30분 단위로 시간을 쪼개 쓰는 데 익숙해졌다. 전업주부로도 이렇게 힘든데, 워킹 맘이나 자녀가 셋 이상인 엄마들은 이유를 막론하고 존경하게 되었다.

3학년이 되는 첫째의 하교 시간이 한 시간 정도 늘어남이 반갑기도 전에, 입학을 앞둔 둘째의 시간표가 나왔다. 나도 장 단기적 목표가 있는데, 다시 이 삶이 반복된다고 생각하니 더는 양보할 수 없었다. 머리로만 생각하던 이사를 실행하기로 했다. 둘째마저 아들임을 알고 저층으로 이사했던 것처럼, 마음만 먹으면 직진하는 본능 하나는 타고났기에 곧바로 행동으로 옮겼다. 다행히 전학 간 학교에는 첫째 아이의 학원 친구들이 많아서 큰 어려움 없이 적응했다. 매일 같이 오 분이 모자라 차 안에서 발을 동동 굴리던 날이 하루아침에 과거가 되었다. 그동안 도로 위에 시간, 에너지, 기름 버려가며 보낸 날에 대한 보상을 받은듯해 만족스러웠다. 촌각을 다투며 신호등만 뚫어져라 보던 등굣길 대신, 발맞추어 걸으며 주변의 거리와 풍경을 살핀다. 강아지 키우자고 노래를 부르던 아이들에게는 길고양이 친구가 생겼다. 느슨해지고 싶거나 게으름을 피우고 싶을 때마다 오 분에 쫓기던 지난날들을 되뇌며, 앞으로 맞이할 수많은 오 분을 소중하고 현명하게 쓰려 한다.

제 4 장

엄마의
교육철학 언박싱

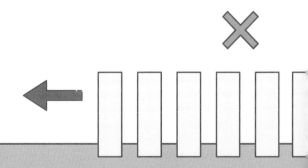

너희의 앞날에 등불이 되어줄
두 가지 사교육

엄마들을 만나면 여러 질문을 주고받는다. 그중 하나가 어떤 것을 배우고 있는지, 어떤 기관을 다니는지에 대한 것이다. '바둑' 학원과 '인라인스케이트'를 언급하면 대부분 꼬리의 꼬리를 무는 질문이 따라온다. 좋다고, 도움이 된다는 이야기는 많이 들었지만 정말로 도움이 된다고 생각하는지, 언제까지 보낼 생각인지 등이다. 그에 대한 결정은 아이들이 해야 함이 맞지만, 엄마인 나도 이 두 가지만큼은 오랫동안 배워갔으면 하는 욕심이 있다.

2019년의 끝자락. 코로나라는 전염병이 전 세계를 덮쳤고 우리도 피해 갈 수 없었다. 내가 사는 지역에선 엄청난 타격이 있었다. 겨울방학임에도 외출을 삼가는 건 물론이고, 몇 달을 집안에서 보내야 했다. 한창 뛰어 놀아야 할 아이들에겐 이 상황이 얼마나 답답했을까. 관리실에서는 하루에도 몇 번씩 층간 소음과 관련된 방송이 나왔고, 관련 기삿거리도 뉴스와 신문을 장식했다. 필로티 층에 살다 보니 뛰어다니는 것엔 자유로운 편이었지만, 외출을 전혀 할 수 없는 상황의 답답함은 아이들도 마찬가지였다. 몸으로 노는 것도 한계에 부딪혀 집에서 할 수 있는 다양한 놀이를 찾았다. 그즈음 장기, 오목 두기를 많이 했다. 하루에도 수십 번씩 몇 시간을 하다 보니 아이들의 실력이 일취월장했다.

더 잘하고 싶고, 오래 하고 싶은 욕구를 해소해 주고자 바둑학원의 문을 두드렸다. 8세가 된 첫째와 6세가 된 둘째를 하루에 한 시간씩, 주 5회 등록했다. 마스크를 한 채로 수업을 해야 했지만 개의치 않았다. 한글을 몰라도, 교재를 푸는 데는 전혀 문제가 되지 않았다. 바둑에 대해 무지한 엄마를 대신해 선생님의 가르침을 받았다. 하고 싶은 것을 충분히, 즐겁게 하라는 가벼운 마음으로 보낸 바둑 수업에 아이들이 욕심과 속도를 내기 시작했다. 한창 집중하고 있는데 왜 이렇게 빨리 왔냐며 아쉬움을 토로하길 여러 번, 수업 시간을 늘려갔다. 활동적이기 때문에 한곳에 오래 앉아있는 게 힘들 거라 예상한 것과 달리, 한 시간 이상도 거뜬히 앉아있었다. 신기했다. 아이들도 자기가 좋아하는 것에는 부동의 자세로 몰입할 수 있었다.

바둑을 두는 데 꼭 필요한 열 가지 기술이 있다고 한다. 욕심내지 말 것(부득탐승不得貪勝), 상대의 경계에 들어갈 때에는 기세를 늦출 것(입계의완入界宜緩), 공격하기 전에 자기의 결함을 살필 것(공피고아攻彼顧我), 버릴 것은 버리고 선수를 잡을 것(기자쟁선棄子爭先), 작은 것은 버리고 큰 것을 노릴 것(사소취대捨小取大), 달아나도 잡힐 것은 버릴 것(봉위수기逢危須棄), 함부로 움직이지 말 것(신물경속愼勿輕速), 완급을 보아서 응수할 것(동수상응動須相應), 상대가 강하면 수비에 힘쓸 것(피강자보彼强自保), 고립되었을 때에는 화평책을 쓸 것(세고취화勢孤取和) 등이다.

둘째는 다른 친구들에 비해 바둑학원에서 보내는 시간이 길다 보니, 또래 아이들 중에선 실력이 뛰어난 편이다. 그렇지만 승패에 크게 연연하지 않는다. 오히려 자기와 비슷한 수준의 아이와 대국을 하는 것을 즐기며, 지면 지는 대로 이기면 이기는 대로 해맑게 웃는다. 그 모습을 보며 '부득탐승'이 떠올랐다. 바둑을 배우러 갔는데 인생을 배우고 있었다.

그즈음 아이들은 인라인스케이트 운동도 함께 했다. 바둑과 달리 일주일에 2번 수업을 들었지만, 1회 수업 시간은 2시간이다. 30분 동안 트랙을 12바퀴 돌며 준비운동을 한다. 한겨울이라도 그만큼 달리기를 하면 스케이트를 신기도 전에 인중과 발바닥이 땀으로 젖는다. 5분 남짓한 쉬는 시간 동안, 목을 축이고 스케이트를 갈아 신으면 본격적인 운동이 시작된다. 국가대표 출신 선생님의 훈련 강도는 다른 운동들에 비해 높은 편이고 분위기도 적당히 살벌하다. 팔, 다리, 머리에 쓴 보조 장치에 온몸을 맡긴 채 빠른 속도로 달려야 하다 보니 안전과 관련된 규칙에 엄격하다. 학년, 성별이 다른 12명의 학령기 아이들이 규칙을 준수하며 안전하게 해야 하는 운동이기에 지구력과 집중력도 중요하다.

동계 올림픽 때 텔레비전에서 생중계되는 선수들의 아슬아슬한 모습이 내 아이들의 모습이다. 서투르면 서투른 대로 부딪치거나 넘어지지 않을까, 잘 타면 잘 타는 대로 세게 부딪쳐서 튕겨 나가지 않을까 노심초사했지만 그렇게라도 실컷 땀 흘릴 시간을 만들어주고 싶었다.

2시간 동안 모든 에너지를 쏟아부은 아이들은 머리부터 발바닥까지 온통 땀으로 젖는다. 주저앉고 싶을 만큼 지친 아이들을 데리고 돌아온 날 저녁은, 평소보다 더 먹고 덜 움직인다.

바둑과 운동을 시키며 공통점을 발견했다.

취미도 되고, 게임도 된다.

인내심을 배우고, 상대방을 배려하는 법도 배운다.

다음을 생각하는 상황 판단력도 생기고 결단력도 생긴다.

생각하는 과정에서 두뇌도 유연해지며 사고가 발달한다.

예절, 질서, 규칙, 규율, 책임감을 배우고, 지구력, 집중력, 기술력도 배운다.

재미로 시작한 것들에서 인생을 배우고 삶의 방향과
자세를 배운다.

취미도 되고, 교육도 되며, 인생 공부까지 되는 이 두
가지는 엄마도 욕심나는 사교육이다. 아이들이 원하는
동안 지원을 아끼지 않을 것이며, 지금처럼 즐겁게 배
우길 바란다.

엄마의 '말뚝 박기' 교육 철학

'술래잡기, 고무줄놀이, 말뚝 박기, 망아지 말 타기,
놀다 보면 하루가 너무나 짧아~'

글만 읽어도 멜로디가 떠오르는 '보물' 노랫말이다.

어린 시절엔 동네 마당에서 즐겼던 가사 속 '말뚝 박
기'를, 엄마가 된 지금은 '사교육'에서 한다.

먼저 아이를 키운 엄마들을 만나면 자녀 양육과 교
육에 있어 많은 조언을 얻는다. 유아기 시절의 고민은
고민도 아니다, 사춘기가 되면 다른 자아가 나타난다,
이제는 교우관계에 집중해야 한다 등 여러 방면으로 조
언을 건넨다. 그중에서도 흔들리지 말고, 엄마만의 철
학을 가져야 함을 강력하게 권하는 엄마 선배들이 많
다. 육아서, 육아 전문가들의 조언을 통해 머리로는 알지만, 실천은 쉽지 않았다. 직선적인 일침을 놓는 그들의 의견엔 공통점이 있다.

아무리 좋은 학원이 있어도, 책상에 앉아있는 사람은 엄마가 아니고 아이다. 여기는 이래서, 저기는 저래서 좋다는 이유로 아이가 자주 학원을 옮기게 되면, 선생님과 친구들에게 마음을 온전히 주지 못해 혼란이 온다. 배우는 영역이 겹쳐 복습할 기회를 얻게 되는 만큼, 놓치는 부분도 발생한다.

그들의 조언에 따라, 등록 전엔 아이와 함께 상담 시간을 충분히 가진다. 짧게나마 아이를 조금이라도 파악해 주기를 바랐고, 아이에게도 선생님을 택할 수 있는 권한을 주고 싶었다. 본인이 선택한 수업에는 즐겁게 임해서, 아직도 큰 변동 없이 이어가고 있다.

큰아이의 초등 입학을 앞두고 서점에 책을 사러 갔다. 서점에선 책만 사는 줄 알았는데 수업을 할 수 있는 프로그램이 있었고, 방문 선생님들도 계셨다. 그런데 아이가 서점 사장님과 수업하고 싶다는 의사를 적극적으로 표현하여, 3년째 사장님과 수업을 한다. 첫째는, 흥미를 일깨워주는 게 주된 목적이라 독후 활동보단 즐겁게 읽고 온다. 둘째는 선생님이 구워주시는 토스트를 먹기 위해 수업에 가고 싶다 했지만, 지금은 혼자 그림책도 읽고, 글 밥이 적은 책도 읽는다. 아직 쓰기엔 서툰 아이를 대신해, 아이가 말하는 내용을 선생님이 써주시며 책에 흥미를 붙이고 있다.

첫째가 6살 때부터 시작한 학습지는 벌써 5년 차이다. 이사를 오면서 선생님까지 따라오셨다. 어릴 적부터 봐온 아이들이라 선생님도 아쉽다며 기꺼이 함께해주기로 결정하셨다. 아이들도 나도 한시름 놓았다.

2학년이 되어서 영어 학원을 등록한 첫째는 1학년들과 수업을 들었다. 상대적으로 늦게 시작한 만큼 흥미를 일깨워주려고 더 많이 칭찬하고 격려해 준 선생님들 덕분에 빠른 속도로 따라갔다. 이사 오기 전에는 도보로 다녔지만, 지금은 차량을 이용해야 해서 옮기길 권유했다. 그렇지만 선생님과 친구들이 좋아서 그러고 싶지 않다는 아이의 의견을 존중해 그대로 다니고 있다.

첫째의 초등 입학 전 다니기 시작한 사고력 수학학원은 어느덧 4년 차가 되었다. 다수의 선생님이 계심에도 불구하고 지금의 담임 선생님을 잘 따르다 보니 선생님 스케줄에 따라 아이가 이동했다. 선생님과 애착 관계도 잘 형성이 되어, 고비마다 찾아오는 어려운 순간도 함께 넘어갔다. 그런 형의 모습을 보고 동생도 시작했고, 가끔 동생의 숙제를 형이 봐주기도 한다.

아이들을 한 기관에 보내는 동안, 선생님과도 가까워졌다. 교육적인 대화 외에도 아이의 양육에 있어 겪는 에피소드, 고충들을 나누다 보니 이제는 아이들보다 내가 더 변동이 두렵다. 바둑, 인라인스케이트처럼, 다른 사교육 학원에서도 말뚝을 박는 중이다. 흔들리지 않는 엄마가 되려, 엄마만의 교육 철학을 형성하려 시작한 말뚝 박기가 먼 훗날 아이들의 재능, 특기, 진로, 인생을 찾아줄 '보물'이 될 것임을 의심치 않는다.

두 마리의 토끼를 모두 잡는 길
'하브루타'
· · · · · · · · · · ·

첫아이 입학을 앞두고, 먼저 학모(學母)가 된 친구가
책 한 권을 건네주었다. 취학 전 준비사항을 다룬 책이
었다. 다른 무언가의 필요성을 느끼긴 했지만, 대체 뭔
지 알 수 없는 찝찝함이 한동안 계속되었다. 도서관에
아이의 책을 반납하러 간 어느 날, 다른 사람이 반납한
책들이 쌓인 곳에서 표지부터 너덜너덜한 책 한 권을
발견했다. 여기저기 그어진 밑줄과, 접힌 모서리들. 전
성수 작가의 『부모라면 유대인처럼』이었다.

가독성이 높은 책이 아님에도 그날 밤을 꼬박 지새
웠다. 이 책을 통해 유대인이 누구인지, 어떤 고통을 받
았는지, 그런데도 어떻게 전 세계적으로 영향력을 행사
할 만큼 훌륭한 인물들이 많이 나올 수 있었는지 등에

관해 알게 되었다. 5000년의 고통과 시련을 무릅쓰고 하버드생의 27%, 아이비리그 대학의 30%, 노벨 경제학상의 42%, 전 세계 억만장자의 32%를 차지하는 그들은 『토라』, 『탈무드』를 통해 자녀 교육을 하고 있었으며, 가정과 학교에서 '하브루타'라는 것을 실천하고 있었다.

 '하브루타(havruta)'는 '짝을 지어 질문하고 대화하고 토론하고 논쟁하는 것'이다. 다시 말하면 '함께 이야기를 나누는 것'으로 하브루타의 의미는 친구라는 뜻의 '하베르'에서 유래했다. 토라나 탈무드를 공부할 때 짝을 지어 토론하고 대화하고 논쟁한다. 하브루타의 짝은 부모, 친구, 동료, 처음 보는 이 등 대화를 나눌 수 있는 상대만 있다면 누구나 가능하다.

 마빈 토케이어(Marvin Tokayer)는 "유대인 학교에서 가장 훌륭한 학생은 '좋은 질문'을 하는 학생입니다. 좋은 질문을 하는 학생이 학급의 리더가 되지요."라고 했다. 유대인 학생들은 항상 두 사람이 짝을 이루어 탈무드를 펼치고 한 구절씩 읽으며 토론, 논쟁을 벌인다. 아이가 초등학교에 들어가기 전부터 가정에서 '탈무드 디베이트'가 시작되어, 부모들은 아이의 눈높이에 맞춰 이야기를 나눈다. 유대인 부모는 아이를 강제로 앉혀 놓고 억지로 공부시키는 대신, 아이에게 뭔가 가르치고 싶으면 그것에 대한 질문만 던진다. 아이는 스스로 부모의 질문에 대해 생각하는 시간을 가지면서 자발적으로 독서를 하고, 책을 통해 얻은 생각을 글로 정리한다. 그래서 유대인 부모는 '답을 얻기 위해 스스로 생각할 수밖에 없는 질문은 무엇일까?'를 고민한 후 가장 좋은 질문을 골라 아이에게 던진다.

"100명이 있다면 100개의 대답이 있다."라고 말하는 이들은 모든 주제에 대해 자신만의 생각을 가진다.

'아이들의 가장 좋은 친구이자 교사'인 부모의 역할을 강조하며 모든 교육은 가정에서 시작된다고 한다. 아이의 교육을 학교나 학원에 맡기기 전에, 부모가 먼저 책을 펼치고 공부하는 모범을 보여야 한다고 역설하는 유대인들의 자녀 교육에 블랙홀처럼 빠져들었다. 여러 내용 중에서도 대화를 나눌 한 사람만 있다면 장

소와 시간, 비용의 제약이 없다는 것이 가장 흥미로웠
다. 그들과 똑같이는 할 수 없어도 흉내라도 내보고 싶
었다. 마침, 인근 문화센터에서 하브루타 관련 일일 특
강이 있어 곧바로 참석했다. 현장 강의에는 전성수 작
가의 책에서 다룬 내용 외의 다른 교육법들도 알려주
었고, 생활 속에서 자녀들과 할 수 있는 소통 방식도 몇
가지 알려주었다.

1시간 남짓한 수업을 끝내고 간단한 대화를 나누는
시간을 가졌다. 기존에 수강했던 자녀 교육 강의들과
는 달리, 상당수의 아빠들이 참여했다. 연차 쓰고 지방
에서 올라왔다는 분, 자녀와 홈스쿨링 중이라는 분, 자
녀 교육 방향의 해결책을 찾으러 왔다는 분 등, 하브루
타에 열정적인 그들의 모습에 내심 놀라웠다. 이제 막
걸음마를 떼기 시작한 나와는 다르게, 이토록 열정적인
부모들이 있었다니 부러우면서도 부끄러웠다. 질문으
로 시작해 질문으로 끝나는 대화 시간 내내, 심장이 빠
른 속도로 요동쳤다. 아이들 교육의 큰 그림을 찾은 것
처럼, 마음속으로 연신 유레카를 외쳤다.

아는 만큼 보인다고, 그날부터 하브루타와 관련된 도서와 강의를 조금씩 접해갔다. 책을 통해 얕게나마 이론을 알았으니, 본격적으로 실전을 배우리라는 다짐으로 관련 자격증을 찾아다녔다. 하브루타 지도자 자격증, 슬로 리딩, 독서토론 심판 자격증을 연이어 취득하며 1년 가까이 배움에 빠져들었다. 4년 차, 아직도 정확히 알지 못하고 잘하지 못하지만 아이들과 일상에서 유대인의 방식이 아닌 우리 집만의 방식으로 실천하고 있다.

자녀교육을 위해 접했지만 '올바른 인성 함양'까지 겸할 수 있는 기회를 제공해 주었고, 나아가 꾸준한 대화와 독서, 공부를 통해 나 자신의 성장도 도모할 수 있었다. 하브루타가 '교육'으로의 수단이 아니라 '일상'에서의 소통이 되길 바란다. 자녀의 성공과 가족의 행복이라는 두 마리의 토끼를 모두 잡게 해 줄 하브루타는 우리 가정의 길잡이가 되어줄 것이라 확신한다.

그래서 어떻게 하면 되나요?

하브루타를 배우는 1년 동안 약속과 외출을 줄였다. 집에만 있는 주부가 왜 이렇게 바쁘니, 도대체 뭘 배우길래 얼굴 보기가 힘드냐는 등 측근들의 궁금함이 끊이질 않았다. '하브루타'를 배운다고 하니 궁금해 하는 이들이 있어, 간단히 설명해 주기도 하고 도움 될 만한 책을 소개하기도 했다.

"읽어 보니 좋은 건 알겠는데, 좋은 교육 방식임은 알겠는데, 그래서 어떻게 하란 거야?"

"그래도 잘 모르겠던데… 내가 부족해서 그런 걸까?"

"하브루타 수업을 잘하는 학원에 보내는 게 나을 거 같은데?"

전문적으로 알아야만 할 수 있다고 생각하거나, 물음표로 응해오는 이들이 많았다. 나도 그랬다. 지도자 과정을 하면서도 언제부터 어떤 식으로 할 수 있다는 것인지 여전히 헤매며, 시작은커녕 아무것도 못 하고 있었다. 자격증을 따고 나서 6, 8세가 된 아이들과 어린이 탈무드 책을 읽은 적이 있다. 무조건 모른다고 답하는 아이들에게 하브루타 질문법을 적용해 대화를 시도했다. 학습적인 질문을 던지는 엄마를 피하기 시작하더니, 책을 집기만 해도 도망가 버렸다. 배움의 가장 큰 비극이 '놀이'와 '공부'를 분리하는 것이라는데, 공부라는 가면을 씌우니, 아이들이 하브루타에서 점점 멀어져 갔다. 이스라엘이 아닌 한국에서, 랍비가 아닌 엄마가, 탈무드가 아닌 일상에서 할 수 있는 아무 꺼리라도 찾아, 가면을 벗기고 대화의 물꼬를 틀기 시작했다.

그즈음 우리 가족은 N행시에 푹 빠져있었고, 자연스레 핑퐁 대화로 연결시켰다.

"엄마, 우리 N행시 해요. 제가 할게요. 피자를 좋아하니까 피자로 해요."

"피카츄가 자전거를 탔다."

"피곤하지만 자동차를 타고 여행을 간다."

"피사의 사탑은 자로 재면 몇 센티미터가 될까?"

"그거 뭐예요? 어디 있는 거예요?"

"이탈리아의 피사라는 지역에 있는데 기울어져 있어. 실제로 보면 정말 신기한가 봐. 세계에서 많은 관광객이 그것을 보러 이탈리아로 여행을 온대."

"어? 진짜 그러네요. 자로 재면 얼마가 될까요? 잠시만요…. 찾아보니까 58.31m라네요. 그럼 얼마나 높은 거예요?"

"아파트 한 층 높이를 대략 3m라고 치면, 몇 층 정도의 높이가 될까?"

"음, 잠시만요…. 그럼 20층 정도 되겠는데요?"

"그렇게나 높아? 엄마도 아직 안 봐서 정말 궁금하긴 하다. 근데 그렇게 높은 탑이 기울어져 있다니 정말 신기하지 않아? 우리 언제 한번 가볼까?"

"네. 좋아요. 이탈리아는 근데 여기서 얼마나 멀어요?"

N행시로 시작한 대화는 꼬리에 꼬리를 물고 이어졌다. 이탈리아에는 아이들이 마실 수 있는 커피가 있으

며, 곤돌라를 타고 다니는 도시가 있는 것까지 대화가
연결되었다.

청도 여행을 마치고 돌아오는 길에 둘째가 제시어를
던졌다.

"소싸움이라는 글씨가 보이네요. 이번에 제시어는
소싸움이에요."

"소를 만나서 싸움을 했더니 움에~ 하고 울었다."

"소금을 먹고 싸우고 움막에 숨었다."

"엄마, 그런데요. 청도 소싸움이 뭐예요? 소가 진짜
싸우는 거예요?"

"맞아. 청도가 소싸움으로 유명하지."

"왜요? 소가 싸우는 게 왜 유명해요?"

"언제부터 시작되었는지는 엄마도 정확히는 몰라.
아마 제대로 민속놀이로 시작된 건 50년 정도 된 걸로
알고 있어."

"그럼, 소가 지는 것을 어떻게 알아요?"

"소가 머리를 돌려 달아나면 지는 거로 알아."

"그런데 너무 세게 들이받으면 피가 나거나 죽을 수

도 있어요?"

"그럴 수도 있겠지. 사실 엄마도 한 번도 가보지 않아서 정확히는 몰라. 너희도 구경할 수 있는 걸로 아는데 궁금하면 한번 가볼래?"

"궁금하긴 한데 보긴 무서워요. 왜 사람들은 소들끼리 싸움을 시켜서 그걸 구경하는지 이해가 안 돼요."

"솔직히 엄마도 그렇긴 해. 그런데 저기에 천년의 역사라고 적힌 것처럼 농경사회 때부터 시작된 게 아닐까? 소싸움 안에 담긴 뜻과 의미가 있어서 소싸움이라는 하나의 민속놀이가 된 거 같기도 해."

"그런데요, 만약에 지는 소가 죽으면 어떻게 해요?"

"그러게. 어떻게 할까?"

"너무 슬플 거 같아요. 아직은 소싸움을 보고 싶진 않아요."

유대인들처럼 『토라』, 『탈무드』로 시작하기엔 나도 아이도 아직은 이르다.

솔직히 말하자면 아직은 내 그릇의 물은 찰랑거리는 소리만 들릴 뿐, 한참 부족하다. 그렇다고 포기할 수는 없다. 대안으로 찾은 방법이 위의 글처럼 생활 속에서 하는 핑퐁 대화다. 질문으로 읽기, 질문 노래 바꿔서 부르기, 질문 속담 놀이, 질문 주사위 놀이 등. 가정에서 아이들과 함께 할 수 있는 하브루타 실전과 관련한 도서들만 해도 200여 권 넘게 출간되었다. 몇 권의 책을 살펴보고, 일상 속에서 생각의 문이 자연스레 열리도록 해봄이 어떨까?

'말을 하지 않는 아이는 배울 수 없다.'란 유대인 속담이 있다. 질문과 대답을 주고받으며 깊고 넓게 뻗친 생각의 뿌리가, 아이 인생의 영양분이자 생각의 힘을 기르는 자양분이 되길 바라며 오늘도 일상에서 하브루타를 한다.

'고전 읽기'로 생각을 나누는 밥상머리 교육

올해 초반부터 고전 읽기에 관심은 가졌지만, 선뜻 읽을 엄두를 내지 못했다. 나처럼 망설이는 몇몇 분들과 함께, 하브루타 방식으로 함께 읽기로 했다.

향후 목표는 아이와 엄마가 함께 하는 고전 읽기지만, 엄마들이 먼저 시작해 보기로 하며 매주 1회씩 온라인으로 만났다. 송재환 작가의 『다시, 초등 고전 읽기 혁명』를 읽으며 고전이 왜 중요한지, 필요한지에 대해 알아보았다. 이론 편과 실전 편을 통해 어떻게 활용할 수 있을지, 방법에 관해서도 공부했다. 읽으면 읽을수록, 제대로 된 고전 한 권을 통해 생각의 깊이와 올바른 인성까지 형성할 수 있음을 깨달았다. 가정에서 행하면 밥상머리 교육 효과까지 얻을 수 있을듯했다.

부록에 보면 초등 2학년 선정도서 목록 중『어린이 사자소학』이 나온다. 이 책이야말로 밥상머리 교육까지 연계할 수 있는 최고의 책이었다. 별표로, 필사 지정 도서라 적힌 것도 선택에 한몫했다. 마침, 아이들은『마법천자문』이라는 학습만화에 푹 빠져있어, 웃다가도 특정 한자나 사자성어를 메모하며 읽었다.『마법천자문』에서 읽힌 한자를『어린이 사자소학』으로 연계하면 학습효과까지 얻을 수 있는 기회라 여겨 매주 2회씩 아이들과 읽고 이야기 나누기 시작했다. 함께 나눈 대화를 블로그 일기장에 기록하며, 또 하나의 추억을 쌓아가고 있다.

첫날 아이들과 나눈 대화다.

"오늘은 부생아신 모국오신(父生我身 母鞠吾身)에 대해 이야기 나눠보자. 아버지는 내 몸을 낳게 하시고 어머니는 내 몸을 길러주셨다는 말인데 무엇을 말하는 걸까?"

"엄마가 우릴 낳았는데 왜 아버지가 낳았다고 하는 걸까요?"

"그러게, 왜 그럴까? 엄마 생각엔, 아버지가 아기씨를 주셨으니 너희를 낳을 수 있었겠지? 그런데 엄마가 낳고 기르지 않는다면 아이는 어떻게 될까?"

"못 자라겠죠, 자라긴 하겠지만 제대로 못 자라겠죠."

"엄마는 이런 거 같아. 아이를 낳는 건 열 달이지만 기르는 건 열 달로 충분할까? 뱃속에 품는 시간보다 기르는 시간이 더 많이 걸리고 그만큼 중요하니까 그런 것 아닐까?"

"그런 거도 같네요. 우리가 잘 자라야겠네요."

"그럼 너희가 잘 자라기 위해선 어떻게 해야 좋을까? 먼저, 너희가 너희 자신을 어떻게 대하면 될까?"

"엄마가 잘 길러주면 되지 않을까요?"

"물론, 엄마가 잘 길러주겠지. 그러나 너희 스스로가 자신을 아끼고 사랑하는 게 먼저지 않을까?"

"막 때리고 그러면요?"

"만약 네가 동생을 때리거나 함부로 대하는 모습을 본 네 친구들은 네 동생을 어떻게 대할까?"

"같이 때리겠죠."

"그럼, 만약 네가 동생을 잘 보살펴주고 친절히 대한다면? 동생도, 형을 존중하고 착하게 행동한다면 네 친구들은 형을 어떻게 대할까?"

"같이 친절하고, 착하게 하겠죠."

"그럼 어떻게 하는 게 좋을까?"

"앞으론 우리 자신을 사랑하고 아끼고 남들 앞에서도 동생 괴롭히거나 그러지 않는 거요."

"그래, 엄마도 기대해 볼게. 오늘 배운 글에서 기억에 남는 부분이 있어?"

"부모요."

"너에게 부모란?"

"아빠는 나를 낳아주시고, 엄마는 나를 길러주시는 분요."

"그래, 너희를 낳은 게 끝이 아니라 새로운 시작인 것이고, 잘 기르는 것까지가 부모가 할 일이야. 세상 모든 부모들의 생각과 마음은 비슷할 거야. 그럼 마지막으로 한 번 더 읽어볼까?"

"부생아신 모국오신."

"그래, 잘했어. 이제 잘 시간이니까 마무리하고 잠 잘 준비하자."

8살, 10살의 아이들에게 깊이 있는 생각이나 철학을

바라기보단 생각을 주고받는 것만으로도 감사하다. 마지막 페이지에 다다를 즈음, 우리들의 대화는 어느 정도로 깊어질까 궁금하고 설렌다.

내가 어릴 적만 해도 밥상머리 교육이라는 단어는 흔했고 중요했다. 점차 학업에 많은 시간을 쓰게 되며 가족이 함께 앉아 식사하는 시간은 점점 줄어들었다. 일부러 시간을 내지 않는 이상 모두가 둘러앉아 이야기를 나누는 시간을 갖기가 쉽지 않다. 매주 2회지만, 아이들은 이 시간을 기다린다. 글에 담긴 이야기를 주고받으며 아이들의 생각이 자람을 느낀다. 말로는 알지만 실천하지 못했던 일들에 대하여 글로, 대화로 함께 풀어나가는 이 시간은 아이들의 표정까지 담고, 기록하고 싶을 만큼 소중하다. 한 공간에서 잠시라도 함께 할 수 있는 시간. 바로 '고전'을 읽으며 생각을 풀어가는 우리 가족만의 밥상머리 교육이다.

우리 집만의 '바르미츠바'를 기대하며

'바르미츠바(Bar Mithvah)'는 유대인 자녀들의 성인
식이다. 만 20세에 성인식을 치르는 우리와 달리, 유대
인들은 13세(여자 12세)에 성인식을 치른다. 13세 이전
은 판단력이 미숙한 미성년이지만, 그 이후부턴 지각
있는 판단력을 가지고 계율을 지킬 능력이 형성되었다
고 믿는다. 매년 5월 16일. 향수나 장미꽃을 전하는 한
국의 성인식과 달리, 유대인은 '내가 왜 이 세상에 나왔
으며, 무엇을 해야 하나'를 성찰하며 1년에 걸쳐 준비를
한다. 부모와 친인척, 지인들이 참석하여 축하해 주고
축의금을 준다. 200명 남짓한 인원이 모일 경우, 우리
나라 돈으로 대략 2000만 원이 넘는 돈을 가지게 되는
아이들은 부모와 함께 주식, 채권, 예금 등 금융자산으
로 넣어두거나 활용한다. 즉, 유대인 자녀들은 10대부

터 돈을 굴리고 불리는 '투자'를 하며 경제관념을 자연스레 터득한다.

'하브루타' 공부를 하면서 유대인 자녀 교육법에 대해 자연스레 관심을 가졌다. 두 아이를 키우는 최종 목표가 부모로부터의 정신적, 경제적 독립이긴 하지만 20세는커녕 13세가 될 날도 가깝지 않아 조급하지 않았다. 그러나 1년 전부터 아이들의 행동을 보며, 사소하게나마 시작의 필요성을 느꼈다.

설날 아침, 아이들이 제일 기대하는 것이 있다. 나이한 살 더 먹는 것은 보너스이고, 진짜 목적은 바로 세뱃돈이다. 신사임당을 만날 수 있는 드문 날이라 눈빛이 유난히 초롱초롱하다. 바닥에 닿아있는 두 무릎을 일으킴과 동시에 아이들의 손바닥이 포개져 있다. 맡긴 돈을 찾는 듯 자연스레 받으며 90도 배꼽인사를 한다. 일년 중, 가장 공손히 인사를 하는 날이다. 엄마도, 저금통도 믿지 못하는 아이들은 곧장 현금인출기로 향한다. 손수 입금해, 잔고를 확인하고 머릿속에 입력한다. 입금은 되지만 출금은 되지 않는 마법통장을 가진 아이들이다.

2학년이 되며, 첫째가 다른 친구들처럼 용돈을 달라고 했다. 처음 한 달 정도는 일단 모으기만 했다. 모으는 것만큼 현명하게 쓰는 것도 중요한 거라고 하니 캐릭터 카드를 사는데 다 써버렸다. 너희가 어떻게 쓰든지 간섭하지 않겠다고 선언했었지만 지나치리만큼 카드를 사는 데 다 쓰는 것을 보며 대책을 마련해야 했다.

생활 속에서 실천할 수 있는 것을 떠올리다 '중고 거래'를 찾았다. 그즈음 나는 필요한 물건이 있을 때마다 먼저, 중고 거래 관련 사이트에서 찾아봤다. 새것과의 금액을 비교해 보고, 나름대로 사용 흔적을 분석해 보며 결정했다. 아이들과 같이 비교 분석한 후 소파, 스피커, 책장을 들였다. 굳이 새것을 사지 않아도 불편함이 없다는 것도 깨닫고, 얼마만큼의 돈을 절약할 수 있게 되었는지 숫자로 적어 보여주었다.

용돈 지급 방법도 바꾸었다. 집안일을 돕거나, 심부름을 하며 500원, 1,000원씩 모았다. 돈을 써야 하는 순간, 지금도 주머니에 손을 넣고 한참을 만지작거리긴 하지만 이전과는 다른 이유다. 노동의 대가라 쉽사리 써지지 않는다 한다. 여러 번 고민하고 망설이는 아이들을 지켜보며 결정할 때까지 기다려준다.

지금은 아이들이 받는 용돈으로 주식을 산다. 각자의 이름으로 사주었더니 자연스레 주식이 어떤 건지 관심을 가지게 되며 관련 회사에 대해서도 알고 싶어 한다. 좋아하는 물건을 파는 회사의 이름이 뭔지, 주식 발행 여부를 체크 하며 다음 용돈으로 어떤 회사의 주식을 살 것인지 고민하기도 한다. 단순한 경제 개념 정립을 넘어 공부까지 연결되는 일거양득의 결과를 얻었다.

새로운 것을 사지 않아도 필요한 것을 가질 수 있다.
돈을 벌고 모으는 것도 중요하지만 그것을 어떻게 관리하는지도 중요하다.
당장 갖고 싶다는 충동을 억제하면 나중에 더 큰 가치로 돌아온다는 것도 알 수 있다.
지금처럼 생활 속에서 꾸준히 실천한다면, 아이들이 13세가 되었을 때 우리 집만의 '바르미츠바'를 열어줄 수도 있지 않을까 기대해 본다.

<유대인 자녀 경제교육법>

① 소비 습관을 먼저 가르친다.

② 수입과 지출 내역을 쓰고 습관화시킨다.

③ 아이가 쓴 지출 내역을 보고 부모와 하브루타 한다.

④ 자선을 일상처럼 여기도록 가르친다.

⑤ 경제활동은 가정에서부터 가르친다.

⑥ 부모의 직업을 가르친다.

⑦ 장사를 가르친다.

⑧ 자신의 직업을 사랑하도록 가르친다.

⑨ 자녀를 망치고 싶다면 큰돈을 줘라.

⑩ 유대인의 협상 능력은 부모와 협상에서부터
   시작한다.

제 5 장

엄마의
여행철학 언박싱

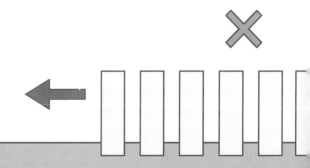

불편함, 불충분, 불만족스러워도
괜찮은 차박 그리고 캠핑

코로나19는 예상보다 긴 시간 동안 사람들을 괴롭혔다. 나처럼 여행 홀릭인 사람들은 답답함에 몸부림쳤지만 달리 방도가 없었다. 모든 사람 앞에 놓인 똑같은 상황, 집만이 유일한 안전지대였다. 기약 없는 시간 앞에서 답답함을 참지 못하고 뛰쳐나오는 이들은 기존과는 다른 방식의 여행을 찾아 나섰다. 코로나 팬데믹은 사람들의 일상뿐 아니라 여행에도 큰 변화를 주었다.

새로 생긴 여행문화가 있다. 바로 '차박(車泊)'이다. 단어만으로 예상할 수 있듯, 차에서 자고 머무는 여행이며, 국어사전에도 새로 실린 신조어이다. 사전 예약을 할 필요도 없고, 시간과 장소에 구애받지 않는다는 장점이 있어, 차량을 소지한 이들은 어디든 떠날 수 있다. 내가 소지한 SUV 차량은 차박에 최적화되어있다. 트렁크 문을 열어 도킹 텐트를 연결하면 차량 뒷좌석과 트렁크를 포함해 텐트 안까지 연결 가능해 충분한 공간이 확보된다. 도킹 텐트 근처에, 피라미드 모양의 인디언 텐트를 설치하고 간이 화장실까지 만들면, 더욱더 장소의 구애로부터 자유로워진다.

차박은 주로 하루 일과를 마치고 느지막이 떠난다. 대개 늦은 오후에 출발하면 초저녁에 도착한다. 잦은 여행으로, 각자 맡은 역할에 익숙한 손들은 텐트 설치부터 간단한 세팅까지 30분이면 충분하다. 시장이 반찬이란 말, 어디서 먹느냐가 중요하다는 말은 진리인 듯 완벽하게 준비된 밥상이 아님에도 평소보다 더 많이, 맛있게 먹는다. 늦은 밤이라 텐트 안에서 군고구마를 구워 먹으며 제로게임, 끝말잇기, 보드게임을 하다 보면 눈꺼풀이 무거워진다. 자연의 소리를 들으며 잠을 청하고 평소보다 이른 시각 눈을 뜬다. 텐트 밖으로 나가 시원한 공기를 마시며 기지개를 켠 아이들은 눈앞에 있는 자연을 물끄러미 쳐다보다, 배꼽시계의 울림으로 간단한 식사를 한다. 지나가는 애완견들에게 음식도 나눠주고 근처에 머무는 이웃과 인사도 나누며, 매 순간 맞이하는 낯설지만 새로운 환경에 스스럼없이 적응한다. 가끔 우리가 머무는 곳으로, 지인들이 놀러 올 때도 있다. 어른들 눈에는 좋아 보이는 것 반, 불편해 보이는 것 반이지만 아이들은 냇가에 발 담그고 물수제비뜨는 것만으로도 즐거움을 표현한다. 한 시도 정지해 있지 않고 살아 움직이는 자연이야말로 아이들에게는 심심할 겨를이 없는 최적의 장소이다.

2박 이상 머물러야 할 때는 차박보다는 캠핑을 택한다. 여름철엔 적절한 부대시설과, 접근성이 좋은 캠핑장을 예약하는 것이 쉽지 않다. 여행을 하고 싶지만 할 수 없는 상황. 어디든 떠나고 싶은 이들이 차선으로 택한 것이 캠핑이다 보니, 예약 성공률은 확연히 낮은 단점이 있다. 그런데도 밖으로 나갈 수 있다는 것, 자연을 벗 삼아 놀 수 있다는 것에 의미를 부여한다. 차박과 달리 캠핑장에선 매번 새로운 친구들을 사귄다. 나이, 성별은 어떤 걸림돌도 되지 않는다. 무릎 밑으로 살을 때리는 듯 차가운 물 속이라 해도 다슬기 잡고, 미역 줍고,

솔가지 놀이를 한다. 따스하지만 강렬한 햇살을 받으며 놀이에 심취한 아이들은 모래성이 무너질까 더 튼튼하고 높은 성벽을 쌓느라 해가 저무는 것도 잊는다. 가끔은 또래들과의 놀이에 집중하는 아이들 덕분에, 어부지리로 여유를 얻을 때도 있다. 캠핑 가는 날은 먹을 것을 넉넉히 준비해, 쉴 새 없이 움직이는 아이들의 뱃속을 든든하게 채워준다. 헤어짐은 늘 아쉬운 법, 언제 다시 만날지도 모르는 친구들과 번호 교환을 하며 기약 없는 다음 만남을 약속한다.

어떤 날은 호텔을 가고 싶다 한다. 당연한 숙박이었던 호텔이라는 장소를 귀하게 여기는 것을 보며, 지금 우리의 여행이 아이들에게 많은 깨달음까지 주는 것 같다. 최고의 시설, 좋은 프로그램, 눈이 즐거우리만큼 아름다운 음식이 가득한 곳이 아니라도 좋다. 조금 불편해도, 불충분해도, 불만족스러워도 괜찮다. 아이들이 소중한 일상을 깨닫는 장소는 바로 파란 하늘 아래인 자연이기 때문이다.

"캠핑이란 남을 따라서 하는 게 아니라, 자기 멋에 맞춰 즐기고 새로운 것을 창조하는 것이다."라는 말처럼, 매번 다른 장소에서 비슷한 집을 짓고, 새로운 사람을 만나고 놀이를 창조하는 아이들을 위해 앞으로도 부지런히 밖으로 뛰쳐나가려 한다.

다른 장소, 같은 육아
동남아 한 달 살기

2017년 가을. 십여 년 만에 대학 선배를 만났다. 아이가 벌써 초등생이 되었다는 말에 남의 아이는 빨리 큰다는 말을 실감했다. 초등생이 된 아이랑 한 달 동안 유럽 여행을 다녀왔단 말에, 부러움을 감추지 못했다. 나에게도 저런 날이 올 수 있을까, 떨군 고개는 손가락을 하나하나 접으며 몇 년 후에나 가능할지 세어보고 있었다. 아이들과 함께 떠날 수 있는, 미취학 아이들과 머무를 수 있는 곳을 하릴없을 때마다 검색했다.

아이들이 너무 어린 데다, 언어적인 문제도 있는데 나 혼자 아이들을 데리고 가는 것에 대해 주변에서 걱정을 많이 했다. 조금 더 클 때까지 기다리지, 뭐 하러 벌써 가냐는 주위의 반응엔 미소로 응수했다. 사실 정말 떠나고자 하는 이유는 나에게 있었다. 결혼 전 직업이 열차 승무원이기도 했고, 본디 여행을 좋아하던 터라 현실의 답답함에 일탈을 꿈꿔왔다. 혼자 떠난다면 더할 나위 없이 이상적이겠지만, 아이들을 두고 왔다는 홀가분함이 며칠이나 지속될까. 현실의 극으로 이끌려 아이들과 함께 떠나기로 했다.

한 달 살기를 한 엄마들의 글, 블로그, 후기 등을 보며 동남아에 마음이 기울었다. 빌딩과 소음으로 가득 찬 도시가 아닌 초록 초록함이 가득한 곳, 한국과 그다지 멀지 않으며 항공편 이용이 쉬운 곳을 찾았다. 나 같은 엄마들이 모인 커뮤니티에 살다시피 하며 완벽하리만큼의 준비를 마치고 여행길에 올랐다.

2018년 여름과 겨울, 다음 해 여름. 아이들과 함께 세 번의 한 달 살기를 다녀왔다.

가족들의 걱정으로 인해, 두 번째 여행까지는 친언니가 동행해 일주일 정도 함께 머물러 주었다. 여행 중간에 합류하다간 지인도 있었다. 그해, 매체에서도 동남아 한 달 살기가 큰 화두가 되어 실제로 현지에서 많은 한국인을 만날 수 있었고 여행을 마친 지금도 꾸준히 소통하는 이들도 있다.

비행기를 타고 다른 나라로 가는 것은 흥미로운 일이지만, 넉넉지 않은 재정 상황과 물리적인 환경의 차이로 인해 불편함이 많았다. 열악한 도로 환경, 우 핸들, 반대인 도로체계에 겁이 나서 차량 렌트는 하지 않았다. 가까운 거리는 걸어 다녔고, 마트에서도 필요한 만큼만 구입했다. 우리나라보단 이용요금이 저렴한 '그랩'이란 택시 교통수단을 이용했지만, 뙤약볕에서 땀 흘리며 하염없이 기다리는 날이 많았다. 침대, 캐리어를 두면 꽉 차는 방과 소파, 식탁, 주방으로 채워진 거실은 세 명이 넉넉히 앉을 여유 공간도 없었다. 석회를 포함한 불순물이 다소 함유된 물로 인해, 옷감의 손상과 피부의 푸석함을 피해 갈 수 없었다. 하지만 불편함을 느끼는 건 나뿐이었다. 아이들은 걷고, 뛰며 에너지를 썼다. 마트에서 장 보고 온 날은 서로 무거운 것을 들겠다며, 볼이 터져나갈 듯 두 손으로 들어 올리며 힘자랑을 했다. 뙤약볕에 택시를 잡아보겠다고 손을 흔들며 태워 달라 외쳤고, 말이 통하지 않으면 손짓, 발짓을 포함해 구글 번역기도 눌러댔다. 세탁물이 손상되는 것을 막기 위해 색상별로 사다 입힌 코끼리 바지는, 품이 넓어 편하고 통풍이 잘 된다는 이유로 한국으로 돌아오는 짐 안에 그대로 가지고 와 잠옷으로 입었다.

저렇게 해줘도 어른이 되면 기억 못 할 건데, 굳이 지금 떠날 필요가 있는지 묻는 이들이 많다. 어느 순간 아이들의 기억에서 사라질 수도 있지만, 한번씩 그때의 기억을 곱씹는 아이들을 보며 답을 찾았다. 이따금 여행에서 있었던 에피소드를 풀어놓는다. 태국에서 우연히 한국유치원 친구와 동네 주민을 만난 이야기, 새로운 친구를 사귄 이야기, 말이 통하지 않아 싸운 이야기, 원숭이한테 사탕을 뺏긴 이야기, 코끼리 똥으로 종이 만든 이야기, '툭툭'이란 오토바이를 타며 매연에 흠뻑 취한 이야기, 앞을 향해 걸을 수 없을 만큼의 거센 태풍을 맞았던 이야기 등을 추억하는 아이들을 보며 기억의 수명에 개의치 않기로 했다.

"떠나고 싶다고 왜 꿈만 꾸고 있는가? 있으면 있는 대로, 없으면 없는 대로 한 번은 떠나야 한다. 여행은 돌아와, 일상 속에서 더 잘 살기 위한 풍요로운 사치다."라는 말처럼, 넉넉하지 않아도 괜찮다. 걱정이 있어도 괜찮다. 완벽하지 않아도 괜찮다.

다른 환경 속에서 평소와 다를 바 없는 육아를 했던 한 달이라는 여행시간은, 떠나기 전엔 설렘을 주었고 머무는 동안은 감사함을 주었으며 떠나온 뒤에는 추억과 풍요로운 마음을 선물해 주었다. 코로나19가 종식되는 날, 몇 년 동안 훌쩍 자란 아이들과 다시 떠날 한 달 살기 여행을 기대하며, 우리들의 추억을 꾸준히 이어갈 계획이다.

치앙마이 한 달 살기 준비과정

　　치앙마이에서 돌아온 후, 지인들에게서 많은 질문을 받았다. 고충은 없었는지, 비상 상황은 없었는지, 힘들지 않았는지, 한 달 내내 아이들과 함께 있는 것에 힘들지 않았는지 등. 걱정과 연관된 질문들이 대부분이었다. 추억하자고 기록한 글에 이웃 블로거들도 쪽지를 보내왔고, 몇몇 도서관에서는 강의 섭외가 들어오기도 했다.

　　"떠나고는 싶은데 엄두가 안 난다, 무엇부터 준비해야 할지 모르겠다, 다음에 갈 때 같이 가면 안 될까?" 같은 반응을 보며, 처음 한 달 살기 준비하던 때가 떠올랐다. 질문들이 대체로 비슷하기에, 간단하게 정리해보았다.

"왜 그렇게 치앙마이 한 달 살기를 많이 가나요?"

치앙마이는 한 달 살기의 성지, 한 달 살기의 시작이라고 할 만큼 한국인들에게 인기가 많다. 주관적인 의견으로는 연평균 25.6도의 크게 덥지도 춥지도 않은 날씨, 4~5시간의 비행시간, 저렴한 물가, 풍부한 먹거리, 안전한 치안, 조용하고 한적한 생활환경이 매력적이지 않을까 싶다.

"경비는 얼마나 드나요?"

재정적으로 넉넉하다면 중요하지 않을 수 있지만, 그렇지 않다면 가장 현실적인 문제가 아닐까 싶다. 항공권, 숙박, 교통 등의 세부사항으로 나눠 예산을 짜면 전반적인 경비를 계획할 수 있다.

첫 번째로 항공권은 출발지, 날짜, 경유 여부에 따라 다르다. 코로나 이전 상황을 기준으로 대략 정리한 것을 보면 다음과 같다.

인천공항은 대한항공, 제주항공, 티웨이 항공 등의

직항 스케줄이 있다. 운임은 국적 기는 성수기 기준 대략 80만 원 정도이고, 저비용 항공사는 2/3 정도로 예상하면 된다. 메이저 항공사들은 대개 인당 수화물이 23kg로 운임에 포함되어 있지만 그 외는 추가 요금을 지불해야 하니 반드시 참고해야 한다. 부산, 대구, 제주도와 같은 지방 공항에서의 출발은 1, 2회 경유를 기본으로 하며 중국국제항공, 에어아시아엑스, 타이항공 등이 있다.

두 번째로 숙소는 어느 위치, 어떤 곳에 머무느냐에 따라 다르다. 아이와 함께 머무는 엄마들의 다수는 주변 인프라, 접근성, 치안을 중점으로 하여 숙소를 택한다. 스튜디오 타입 형태의 콘도시설은 대부분 공용 수영장을 가지고 있으며, 방 하나에 주방 겸 거실 구조이다. 숙박 공유 시스템을 통해 30일 이상 숙박을 예약할 경우 할인이 적용되기 때문에 일자별로 예약하는 것과 비교를 추천한다. 아파트가 아닌 주택을 선호할 경우는 '무반'이라고 불리는 주택을 찾으면 되는데, 대개 외곽에 있거나 6개월 이상 장기 렌트 조건이 많다.

세 번째, 교통 관련이다. 차량 렌트는 한 달 기준으로 50~100만 원 정도 예상하며 성수기에는 항공권 예약과 동시에 진행하는 것을 추천한다. 한국인이 운영하는 렌터카 회사가 많으니 예약에 큰 어려움은 없다. 렌트를 하지 않고 차량 공유 시스템인 '그랩'을 이용해도 된다. 카카오 택시처럼 승하차 장소를 지정하면 되고, 한 달 교통비는 대략 30만 원 정도 들었다.

"아이들과 함께 가면 어떤 것들을 준비해야 하나요?"

처음 여행을 떠났을 땐, 23kg 여행 가방 4개가 빈틈없이 차 있었다. 마스크 팩, 핸드크림, 양치 컵, 주방 도구, 쌀, 김치, 각종 밑반찬, 간식거리 등 살림살이를 모조리 옮기느라 일주일 전부터 짐을 쌌다. 다음 한 달 살기 준비에서 가방의 개수가 절반으로 줄어든 이유는, 현지에서도 생필품을 저렴하게 구할 수 있을뿐더러 한국인들이 운영하는 식당에서 음식을 살 수 있었기 때문이다. 현지 유심카드, 여행자 보험, 외국인 진료 병원 위치, 상비약 등을 준비하여 비상 상황에 대비하는 것도 중요하다.

그 외에도 '아이 러브 치앙마이', '일 년에 한 도시', '태사랑' 등의 온라인 정보 공유 방을 통해, 실시간으로 도움을 받을 수 있다. 실제로 아이가 물갈이하느라 아팠을 때 온라인 게시판을 통해 남긴 글에 많은 분이 댓글로 도와주었고, 폰을 수영장 물에 빠뜨려 고장이 났을 때도 서비스 센터를 알려주었다. 여기저기서 도움을 주는 이들이 많고, 어깨만 스쳐도 한국인일 경우가 많았다. 아이와의 여행에 고민이 많다면, 걱정보다 좋은 것들을 많이 생각하며 과감히 떠나보면 어떨까?

쿠알라룸푸르, 조호르바루
한 달 살기 준비과정
· · · · · · · · · · · · · · ·

"다음 방학 때도 다시 오실 건가요?"

"한 달 살기 정말 좋은데, 다음은 어디로 갈 계획이세요?"

치앙마이에서의 두 번째 한 달 살기를 마무리 짓기도 전에, 현지에서 만난 몇몇 분과 다음 여행지에 대해 이야기를 나누었다. 한 번도 안 떠난 사람은 있어도 한 번만 떠난 사람은 없다는 듯, 자연스레 다음 장소를 물색했다. 지금과 크게 다를 바 없는 환경을 가지고 있으면서, 비행기로 대여섯 시간 이상 소요되는 곳만 아니면 괜찮았다. 말레이시아를 고려 중이라며, 쿠알라룸푸르와 조호르바루 두 군데를 놓고 고민하는 이들이 눈에 띄게 많았다.

치앙마이에 이어 이곳을 선택한 이들에게 문의 글을 남겼다. 상당수가 이 순서를 선호하는 것 같은데 이유를 알고 싶다고 말이다. 그들이 남겨준 댓글을 보며, 기존의 나의 생각과 별반 차이가 없음을 깨달았다. 21~31도의 치앙마이와 흡사한 연평균온도, 유사한 도로체계와 같은 차량 공유 시스템, 동남아권에서 사용 가능한 특정 체크카드 이용. 치앙마이와 비슷한 환경이라 적응에 큰 어려움이 없을듯했다.

한 곳만을 지정하기엔 아쉬운듯해, 쿠알라룸푸르와 조호르바루 두 곳을 머무는 것을 택하고 40일간의 생활을 시작했다. 쿠알라룸푸르에서 만난 엄마 중, 한 달 후에 장기 체류나 유학의 가능성을 열어두고 있는 이들을 더러 만났다. 어학 목적으로 온 사람들이 많아 대화의 중심은 아이들의 교육이 다수였다. 아직은 교육보다는 경험을 쌓는 것에 비중이 더 크다 보니, 그들의 대화가 아직은 먼 얘기 같았다. 몸소 체험한 쿠알라룸푸르의 물가는 한국과 별반 차이 없었고, 교통체증도 상당해서 특별한 목적이 없다면 한 달 이상 체류는 깊게 고민해 보길 권한다.

조호르바루에도 한 달 살기로 체류 중인 엄마들이 많았다. 쿠알라룸푸르에 비해 약간이나마 저렴한 물가, 초록 초록한 자연, 맑은 공기, 덜 복잡한 교통상황이 치앙마이의 환경과 유사했다. 쿠알라룸푸르처럼 뛰어난 커리큘럼을 가진 학교들이 많아, 국내에 있는 국제 학교에서 온 분들도 더러 있었다. 싱가포르와 인접하여 수시로 국경을 넘는 것도 가능했다. 혼자였다면 버스로 국경을 넘었을 테지만, 아이들이 있단 핑계로 여행사의 도움을 받아 차량을 이용해서 여행을 다녀왔다. 비행기를 타지 않아도 이웃 나라로 갈 수 있다는 새로운 경험을 아이들에게 체험시켜준 것만으로도, 조호르바루로의 여행은 충분히 매력적이었다.

경비는 치앙마이처럼 항공권, 숙박, 교통에 따라 계획할 수 있다.

첫 번째로 항공권은 출발지, 날짜, 경유 여부에 따라

다르다.

인천공항은 대한항공, 에어아시아엑스, 말레이시아 항공 등의 직항 스케줄이 있다. 6시간이 넘게 소요되며 운임은 치앙마이보단 높은 편이다. 부산에서도 에어아시아엑스가 직항으로 운행하며, 그 외의 지역은 1회 이상의 경유를 기본으로 한다. 저비용 항공사는 수화물 요금이 추가되므로, 사전 예약을 통해 조금이라도 비용을 절약할 수 있다.

두 번째로 어느 위치, 어떤 곳에 머무느냐에 따라 다르다.

높은 보안 수준과 뛰어난 치안을 생각하면 한국인들이 많이 몰려있는 곳이 도움이 된다. 스튜디오 타입으로 방 하나, 주방 겸 거실이 있는 곳이 대부분이며, 공용 수영장이 있는 곳이 많다.

세 번째로 교통 관련이다. 렌트비와 주유비는 치앙마이와 비교하면 저렴한 편이다.

교통체증이 심한 시간엔 그랩, 택시 모두 요금이 비싸니 대중교통을 이용하거나 차량 렌트를 권한다.

장소에 상관없이 아이들과 한 달 살기를 위해 준비해야 할 것들은, 위에 적힌 기본적인 사항 외에도 여러 가지가 있을 수 있다. 하지만 그 무엇보다 가장 중요한 것은 단언컨대 엄마의 체력, 자신감, 도전정신이다. 처음 며칠은 설렘, 기대, 걱정, 두려움이 교차하지만, 하루하루가 지나며 일상에 녹아든다. 오늘 저녁은 뭘 해 먹을까? 이번 주말엔 어디로 갈까? 평범한 하루를 보내다 보면, 한 달의 끝에 다다른다.

　　같은 날을 보내지만 다른 점이 있다면, 한 달이란 날짜가 주어져 있기에 머무는 동안 최대한 많은 경험을 하러 부지런히 다니고 계획적으로 움직인다는 점이다.

　　1학년, 3학년이 된 두 아이와 함께 하는 여행은 몇 번이나 더 남았을까? 언젠가는 지금과는 반대로, 아이들이 이끄는 여행에 내가 동참할 수 있는 날이 올 수도 있지 않을까, 흐릿하게나마 욕심내본다.

우리 집 보물 1호, 엄마의 사진첩

　하루가 다르게 자라는 아이들을 보며, 이음새 없이 넘어가는 시간을 원망하기도 했다. 마지막 아기인 둘째가 자라는 모습을 볼 때면, 낙차는 더욱더 크고 깊어졌다. 시간의 고삐를 당길 수만 있다면 그러고 싶었다. 휴대폰에 저장된 아이들의 사진을 볼 때마다, 추억이 될 오늘이 아쉬웠다.

　엄마가 된 순간부터 연례행사처럼 하는 것이 있다. 초음파 사진으로 채운 뱃속의 열 달 이야기로 시작해, 갖가지 추억이 담긴 앨범을 만든다. 한 살 이야기, 두 살 이야기, 세 살 이야기로 시작하는 성장일기이자 앨범들. 국내 여행, 동남아시아 한 달 살기, 스튜디오에서 촬영했지만 본 앨범에 담지 못한 아쉬운 원본 사진들,

어린이집과 유치원 생활 앨범 등 다양한 제목이 붙은 스무 권 가까이 되는 사진첩들이 책장 두 칸을 차지하고 있다.

얼마 전, 너무나 조용히 있는 아이들이 궁금해, 방문을 슬며시 열어보았다. 여느 때처럼 사고 치는 중인가 했는데 아니었다.

"얘들아, 사진 보는 거 재밌어? 어릴 때 모습 보니까 어때?"

사진첩에 두 눈과 두 손을 고정한 채, 꼬리에 꼬리를 이은 질문들이 쏟아졌다.

"아기 때 진짜 못생겼네요. 키도 작고 뚱뚱하고, 뒤뚱 뒤뚱 걸으면서 손에 먹을 거 들고 있는 거 정말 웃겨요. 저는 어릴 때부터 새우과자를 좋아했네요."
"이때는 내가 태어나기 전이에요? 나는 왜 안 보여요?"
"이 친구랑 저랑 같은 어린이집 다녔어요? 정말 어릴 때부터 친구였네요. 그래서 지금도 친한 거 맞죠?"

"여기 제주도에요? 저 제주도 가 본 적 있어요? 기억이 하나도 안 나니까 다시 가보면 안 돼요?"

"이때 기억나요. 갈아입을 옷 없어서 티셔츠 벗은 채로 집으로 돌아왔잖아요."

"이날, 비 진짜 많이 왔잖아요. 태풍이 너무 세서 앞으로 걷지도 못했잖아요."

"이때는 엄마도 할머니도 지금보다 덜 늙었네요. 히히."

"옛날에는 사진을 봐도 재밌는지 몰랐는데 오늘 보니까 정말 재미있어요. 엄마 부탁이 있어요. 앞으로도 계속 이렇게 만들어주시면 안 돼요?"

내가 자랄 적만 해도 필름 카메라나 폴라로이드 카메라가 전부였다. 제한된 용량으로 인해, 지금처럼 미세하게 다른 찰나의 순간까지 연이어 누른다는 건 상상도 할 수 없었다. 자신 있는 포즈와 표정을 여러 번 연습한 뒤, 최고로 멋진 피사체를 한 장에 담았다. 그렇게 필름 한 통이 채워지면, 인화한 사진을 두꺼운 앨범 투명 비닐 속에 끼워 넣었다. 요즘은 USB와 온라인 사진첩에 저장하는 것이 더 편하고 익숙한 사람들이 많다.

그들과 달리 나는 아직도 디지털로 찍고, 아날로그 방식으로 보관한다.

자연의 흐름대로 매일 조금씩 성장하는 아이들을 담기 위한 최선이자 최고의 방법인 사진 찍기 그리고 사진첩 만들기. 아이들에게도 소중한 추억앨범이 됨을 알고 나니 더 고집하는지도 모르겠다. 상, 하반기로 나누어 사진을 고르고 간단한 메모를 남기며 순간을 기록한다. 빠진 사진은 없는지, 시간 순서대로 제대로 나열이 되었는지, 오타는 없는지, 글씨가 잘 보이는지 등 몇 번의 수정을 거친다. 전자기기와 친하지 않아 그런 건지, 완벽을 요구하는 앨범을 만들고자 그런 건지 한 권을 완성하는 데에도 몇 날 며칠이 걸린다.

늘 그렇듯 계획한 날짜를 훌쩍 넘겨 만들어진 앨범들은, 아이들의 어제를 담을 수 있는 유일한 기록이자 우리 집만의 역사가 되고 있다. 여태 그래온 것처럼, 앞으로도 우리 집만의 사진첩 보물-시리즈를 만들어 더 많은 책장을 채워갈 계획이다.

싱가포르 센토사에서(당시 7세, 5세)

제 6 장

다시 찾은
엄마의 초록 신호등

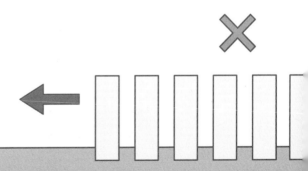

아이가 선물해 준 새로운 친구들

서른에 결혼해, 서른둘에 첫아이를 낳았다. 예행 연습이 없는 엄마의 역할 앞에, 결혼 전 몸으로 배우고 익힌 것들은 무용지물이었다. 임신과 동시에 펼쳐진 가슴 벅찬 감동과 성취감은 아이를 키우면서 나날이 시들어갔다. 유일한 친구이자, 대화 상대인 아이는 나의 말에 웃음과 울음으로 답할 뿐이었다. 결혼 적령기임에도 주변에 결혼한 친구들이 별로 없었다. 육아 고충에 대해 말할 수도 없었고, 말한다 해도 원하는 대답 언저리에 닿기조차 쉽지 않았다. 말동무를 대신해 온라인을 들락날락하며, 모르는 이들과 마음의 공감을 주고받는 날들이 많아졌다.

기존에 알던 사람들과의 관계가 소원해질 무렵, '육아 동지'라는 팻말을 들고 있는 새로운 이들을 만났다. 아이들 이름표 뒤에 자신의 이름을 감춘 채, 누구의 엄마라는 호칭을 불러가며 만난 조리원 동기들. 똑같은 빨강과 흰색의 바둑판 옷을 입은 채, 같은 공간에서 식사하고 수유하며 가까워졌다. 아이의 첫 번째 친구들 덕분에, 나도 첫 번째 친구를 만나게 되며 A부터 Z까지 공유하고 기대며 함께 울고 웃었다.

첫째가 어린이집과 유치원에서 두 번째 친구를 만날 때, 엄마도 두 번째 친구를 만났다. 놀이터에서 함께 햇살을 맞고, 대화를 주고받던 엄마들은 아이들에게 이모가 되고, 삼촌이 되었다. 차 한 잔으로 시작해 식사와 여행도 같이 하는 사이가 되며 가족 모두가 친구가 되었다. 앞집, 옆집, 건너편 이웃까지 모두 이모, 삼촌이라 하니, 아이들은 진짜 가계도에 혼란이 오기도 했다. 육아 동지, 친구, 조언자와 조력자로 함께 방황하고 버티고 의지하며, 전우애 못지않은 돈독한 관계를 형성해 나가고 있다.

아이들을 잘 키워보겠다는 의지로 시작한 하브루타 공부가, 인생의 나침반이 되어주었다. 마흔이 가까워지며, 아이에게 가 있던 시공간은 서서히 나에게로 돌아와 배움의 범위를 넓혀주었다. 자녀들의 나이와 성향도 비슷해, 아이들도 엄마도 자연히 친해지며 세 번째 친구들을 만났다. 나를 포함한 7명은 경력단절에서 나와, 새로운 무늬를 그려가길 원했다. 각자의 재능을 아낌없이 공유하며 서로의 가려운 부분을 긁어주고 채워주었다. 아이들의 독서교육, 영어 공부, 그림책 읽기, 마인드맵, 체험학습 등 각자가 가진 재능을 아낌없이 나눠주며 점진적으로 나아갔다. 독서토론, 아이들 하브루타, 교과서 공부, 상담 심리 전문과 과정, 교육심리학, 교육공학 등 매번 다양한 주제로 배움의 폭을 넓히며 4년째 함께하고 있다.

2021년에는, 7명 중 2명의 작가 선생님들의 지도하에 글을 잘 쓰기 위한 스터디도 했다. 매주 1회씩, 6개월 동안 비대면으로 참여한 수업은 『나는 나를 사랑해서 책을 쓰기로 했다』라는 제목의 책 한 권을 남겼다. 내 이름이 적힌 책을 출간한다는 것은, 무일푼으로 세계 일주를 하는 것과 다를 바 없다 여겼다. 글을 쓴다는 것, 책을 낸다는 것, 혼자였다면 세상과 등지는 순간까지 버킷리스트로만 남아있었을 것이다.

현재 우리는 따로 또 같이, 하고자 하는 일들에 경험치를 축적하고 깊이와 폭을 확장하며 부지런히 달려가고 있다. 어떤 길을 가든 어떤 선택을 하든, 여태 해온 것처럼 응원하고 격려해 줄 것임을 의심치 않는다.

엄마라는 이름으로 만나 허우적대며, 마음처럼 되지 않는 생존 육아를 함께한 조리원 동기들.

학모라는 이름으로 만나 품앗이 육아, 여행, 조력자, 상담자가 되어주길 자청하는 이웃사촌들.

늦깎이 학생이라는 이름으로 만나 각자의 재능을 아낌없이 나눠주고, 배움을 함께 이어가며 서로가 등불이 되어주길 마다하지 않는 하브루타 선생님들.

나의 아이는 엄마 혼자 어두운 길을 걸어갈까 걱정이 되었나 보다. 그래서 새로운 친구들을 만날 때마다 엄마에게도 친구들을 선물해 주었나 보다. 외로움과 막막함에 허우적거리던 나는, 아이가 놓아주는 무지개다리 위를 하나둘 오르며 조금씩 강렬해지며 다채로운 존재로 성장했다. 앞으로도 그들과 오래도록 함께 할 수 있길 바라며, 엄마에게 새로운 친구를 만들어준 아이에게 진한 고마움을 전한다.

엄마 사람은 변할 수도 있다

엄마가 되기 전의 나는, 타인을 향한 안테나는 접고 살았다. 내가 먹고 싶은 것, 하고 싶은 것, 좋아하는 것 위주의 삶을 살았던지라 타인을 향한 감정은 건초더미처럼 메말라 있었다. 처음 본 사람에게 먼저 다가간다거나 남을 도와주는 것은, 상부의 지휘 아래에 피할 수 없는 상황을 제외하곤 없었다.

엄마는 간혹, 사람이 너무 그러면 정이 없다거나 이기적이라는 등 직언을 해주기도 했지만 체감할 만큼의 불편함이 없어서 개의치 않았다. 대학 생활만 봐도 MT, 워크숍, 동아리, 축제 행사 등의 단체 활동이 많았음에도 참여한 적이 없다. 마지막 수업 종이 울림과 동시에 사물함에 책을 쑤셔 넣고, 버스 타러 나오기 바빴다. 학창 시절부터 알고 지낸 친구들 위주로만 만날 뿐 그 외의 다른 무리는 없었다.

그러다가 KTX 승무원으로 근무를 하며 조금씩 달라졌다. 서비스직 자체가 타인에 대한 공감과 배려, 소통을 전제로 하는 직업이다 보니 거기에 맞춰갔다. 상대방의 말을 듣고, 공감하며 그들의 목소리와 필요를 들어주는 것. 7년 가까이 일을 하다 보니, 영화 <킹스맨>에 나오는 명대사 중 '매너가 사람을 만든다.'라는 말처럼 타인을 대하는 삶의 태도가 많이 달라져 갔다. 그런데도 나아지지 않던 한 가지가 있었으니, 바로 낯선 사람에게 다가가는 것이었다. 직장에서도 입사 동기 외의 선후배와의 관계를 맺는 것도 없었고, 업무적인 것을 제외하고 사적으로 오가는 대화도 없었다. 들어오는 용건에 응답만 할 뿐 그 이상의 관계 형성엔 셔터를 내렸다.

그랬던 나와 달리, 아이들은 옹알이할 때부터 낯선이들에게 스스럼없이 다가갔다. 언뜻 보면 대화를 하는 것처럼 보이지만, '엄마'라는 단어 하나도 또렷이 말할 수 없을 만큼 아기였다. 자라면서도 그랬다. 또래 친구들이 보이면 총총걸음으로 따라가 그들만의 언어로 이야기하고, 간식이 있으면 나눠 먹고, 놀잇감이 있으면 뺏고 빼앗으며 놀았다. 엘리베이터를 타도 사람들에게 몇 층 가는지 물어보고 버튼을 눌러주었고, 본인이 몇 살이고 어디 사는지 어느 유치원을 다니는지 누구와 친한지 등의 인적 사항을 친히 알려주었다. 입구 자동문이 닫혀있으면 뛰어가서 열어주고 집으로 올라가는 아이를 보며 "커서 정치하면 되겠네.", "꼬마 국회의원이네."라고 말하는 이들도 있었다.

그런 아이들과 달리, 나는 여전히 틀에 갇혀있었다. 조리원 동기들이 유일하게 새롭게 알게 된 사람들이었다. 어린이집에서, 유치원에서, 놀이터에서, 문화센터에서, 학원에서, 캠핑장에서 장소 불문하고 급속도로 친구를 만드는 아이들로 인하여 나를 둘러싼 사람들도 자연스레 늘어났다. 어느 순간 나의 아이들처럼, 처음 보는 아이와 엄마에게 먼저 인사를 건네며 대화를 나누고 있는 나를 발견했다. 엄마들의 공통 관심사는 대개 아이들이다 보니 내가 어떤 일을 하는지, 어떤 것을 좋아하는지 등에 대해서 말할 필요가 없는 것이 낯선 이들을 향하게 해 준 열쇠였다. 함께 하다가 목이 마르면 물 마시고, 배고프면 간식을 나눠 먹고, 집으로 돌아갈 시간이 되면 쿨하게 손 흔들며 헤어지지만, 다음 날이면 어김없이 또 만나는 사이. 스스럼없이 타인에게 다가가는 아이처럼 나도 변하고 있었다.

마흔을 고지에 앞둔 시점부터 지인들에게 우스갯소리같이 듣는 말이 있다.

"말만 안 하면 차분한 이미지를 갖고 갈 수 있는데, 처음에 봤을 때만 해도 저 이미지 아니었는데… 앞으로는 사람들 만나면 그냥 앉아만 있다 와 봐."

가만히 있으면 새침하고 여성여성한 이미지로 각인될 수 있을 텐데, 대화의 물꼬를 트는 순간 상대방 머릿속에 그려진 나의 이미지를 사방으로 흩트린단 것이다. 실제로 그렇게 해보려고 애써본 적도 있지만, 몇 번 오고 가는 질문에 무장 해제된다. 게다가 상대방도 적당한 알코올을 즐긴다는 사실을 알게 되는 순간, 나를 다

놓아버릴 만큼 급속도로 가까워진다. 지금은 사람들을 만나면 먹거리, 날씨, 아이들 이야기 등 어떤 소재로든 말을 붙이고 친분을 쌓아간다. 차 마시고, 밥 먹고, 전화로 수다 떨고, 여행도 하며 사는 지금이 좋다. 엄마가 되지 않았더라면, 친근한 아이들이 없었다면 오늘의 내가 가능했을까. 아이들 덕분에, 어딜 가든 누구를 만나든 먼저 다가갈 수 있는 내 안의 또 다른 나를 발견할 수 있었다.

간헐적이라도 괜찮은 미라클 모닝

기약 없는 코로나로 인해 아이들의 방학은 끝이 없는듯했다. 매년 다이어리에 적는 그해의 버킷리스트들을 더는 미룰 수가 없었다. 매일 30분 독서하기, 운동하기, 글쓰기, 필사하기 등 계획한 것들은 모조리 다이어리 첫 페이지의 글 속에 갇혀있었다. 누구도 피해 갈 수 없는 상황임에도, 온라인상에서 자기의 가치를 증명하고 발전해 나가는 이들을 보며, 무기력한 의식 세포를 깨워 밖으로 나오기로 결심했다. 몇 달이 지나도 마음만 먹을 뿐, 실행은 하지 않았다. 이러다 또 내년으로 미루려는 나를 눈치챈 건지, 하루에도 몇 번씩 SNS상에 올라오는 데일리 플랜 성공 인증샷들은 결국, 꺼져가는 나의 내적 동기를 살려내 불을 지피는 데 성공했다.

24시간 중, 언제 할 수 있을까 적어보았다. 아이들을 학원에 보낸다 해도 둘 중 한 명은 번갈아 가며 집에 있을 터, 틈틈이 시간을 쥐어짜는 수밖에 없었다. 온전히 나에게 집중할 수 있는 충분한 시간을 찾아 거꾸로 시계를 돌려보니, 새벽과 오전 사이뿐이었다. 일찍 일어나는 새가 벌레를 잡아먹는다는 미라클 모닝이었다. 선택의 여지가 없음을 알지만, 자신이 없었다. 풍족했던 수면시간을 줄이고, 내 삶의 균형과 활력을 찾고자 장치를 채우기로 했다.

집 근처 요가원에서 주 2회, 새벽 5시 반, 선착순 인원 모집이란 문자가 왔다. 삭제 버튼을 누르려다 한참을 들여다보았다. 강제로 이불 밖으로 나올 수 있는 장치였다. 일주일에 두 번이면 크게 부담이 아니라는 생각에 바로 등록을 했다. 첫 새벽 요가 수업 전날, 밤새 뒤척였다. 깊이 잠든 나머지 알람을 듣지 못할까 걱정, 순간의 의지박약으로 이불을 박차고 나오지 못할까 봐 걱정에 얕은 수면 속을 오가기를 반복했다. 더 자는 것은 포기하고 책을 읽었다. 수면의 질이 낮았을 텐데도 여느 때보다 집중이 잘 됐다. 서둘러 도착해 충분히 몸을 풀고 1시간 반 동안의 수련을 마쳤다. 집으로 돌아오는 길 내내, 미라클 모닝에 성공한 나를 칭찬하며 조용한 흥분상태에 머물렀다. 의지만 있다면 할 수 있단 것을 확인해서일까, 그날 이후 더는 잠을 설치지도 흥분하지도 않았다.

등교하는 아이들처럼 5시 10분 알람이 울리면 차에 몸을 싣는다. 시동을 걸기까지 이불 속에서 사투를 벌이는 날도 드문드문 있었지만, 일단 출발 하고 나면 요가 수련까지는 문제없이 진행된다. 한겨울임에도 흥건히 땀으로 젖은 몸으로 요가원을 나설 때마다, 성실하게 하루를 시작한 나를 칭찬했다. 아이들이 일어나기까지 남은 한 시간 반 동안, 그날의 일과를 시작하며 하루 중 최고의 호사를 나에게 선물한다.

그렇게 주 2회 일어나기 시작한 것이, 어떤 날은 운동을 가지 않는 날임에도 눈이 떠졌다. 가뿐하게 눈이 떠지는 날은, 산뜻한 기운으로 이른 오전을 시작했다. 독서를 하고, 글을 쓰고, 필사도 하며 온전히 나에게, 내가 하고자 하는 일에만 집중했다. 어떤 날은, 이 시간을 운동에 쓰려니 아깝다는 생각이 들었다. 그런 날은 저녁 운동으로 미루며, 읽고 쓰는 것에 할애했다.

이제는 새벽 요가를 가지 않아도 미라클 모닝이 가능하다. 온라인상에서, 모임에서 함께 하는 이들을 만나 서로가 모닝콜을 해준다. 반쯤 눈을 뜬 채 "굿모닝" 인사를 주고받으며 침대에서 빠져나온다. 이른 아침을 함께 맞이하는 이들이 있어, 어둠이 짙게 내려앉아 있는 시각에도 외롭지 않다.

새 학년이 되어 매일 학교에 갈 준비를 하는 아이들의 분주함도 현저히 줄어들었다. 일찍부터 여유롭게 아침밥과 옷가지를 준비해놓으니, 얼른 일어나라며 재촉하던 목소리는 부드럽게 변했다. 아침부터 잔소리를 덜하게 되니 아이들이 현관문을 나설 때까지도 평화로움이 이어진다. 가끔은 피곤함에 낮잠을 취할 때도 있지만 부지런했던 나에게 주는 보상이라 아깝지 않다.

'하루 중 가장 먼저 하는 일이 가장 영향력이 큰일이다. 왜냐하면 그것이 나머지 하루에 대한 당신의

마음가짐과 환경을 설정하기 때문이다.'

-By Evan Fagan

간헐적이나마 미라클 모닝을 한 날은, 목표를 향해 다가가며 충만한 하루를 보냈다는 사실에 가슴이 벅차오른다. 그래서 나머지 하루에는 조급함, 아쉬움이 아닌 여유로움, 관대함이 자리 잡는다.

2022년은 임인년 '검은 호랑이의 해'이다. 대문에 호랑이를 그려 넣어 나쁜 기운이 들어오지 못하도록 하고 복을 기원했던 것처럼, 올해는 게으름과 나태함의 기운을 물리치고 부지런함이란 복을 기원한다. 하고 싶은 일, 할 일이 많은데 시간이 없다고 하는 지인들에게 말했다. 일주일에 한두 번이라도 해보라고. 시작이 어렵지, 막상 해보면 별거 아니라고 말이다. 몸과 정신이 온전히 물아일체 되는 유일한 시간. 뻑뻑한 눈을 억지로 뜨며 "굿모닝" 인사를 주고받는 매력에 함께 빠져보길 바라본다.

전염성 진한 엄마의 공부 시간

코로나로 인해 발이 묶인 채로 오랜 시간이 흘렀다. 누군가는 그냥 흘려보냈을 수도 있고, 또 누군가는 그 시기를 변화의 기점으로 삼아 도약했을 수도 있다. 배움을 향해 이제 막 발을 내딛었건만, 지식을 나눠주고 가르쳐주던 선생님들도 쉬고 있었다. 언제쯤이면 수업을 들을 수 있을까, 덜 잠긴 수도꼭지 물 마냥 하루 이틀을 흘려보냈다. 어정쩡하게 버텨야 하는 불확실한 상황이 안타까움을 알면서도 꽤 오랜 시간 아무것도 하지 않았다. 마음이 통하는 몇몇 사람끼리, 더 이상의 멈춤은 허락되지 않는다며 대안을 찾아 나섰다.

궁하면 통한다더니, 코로나라는 시대적 제약에 맞물리지 않고 온라인을 통해 참여할 수 있는 모임과 수업

들을 찾았다. 한 가지 수업이 두, 세 가지로 늘어나기 시
작하더니 아이들 학교 수업 일수만큼 채워져 갔다. 독
서모임, 독서토론, 온라인 서평, 감사 확언 일기, 글쓰기
수업 등 시간과 장소에 제약을 받지 않는 온라인 강의
들을 모조리 등록해 배움의 허기를 채웠다. 유명 강사
를 만나고, 다양한 분야에서 활동 중인 사람들과 소통
하며 미션 인증, 챌린지, 피드백을 주고받느라 눈떠서
눈 감을 때까지 농도가 짙은 시간을 보냈다. 월, 화, 수,
목, 금요일. 특강이 있는 날은 주말까지. 매일 온라인 수
업을 듣고, 과제를 한다. 어떤 수업은 저녁에 진행하는
경우도 있다. 아이들을 챙겨야 하는 시간이라 그 시간
만큼은 피하고 싶었다. 가족이 함께 수다 떨고 놀 수 있
는 유일한 시간마저 수업으로 채우려 하니 아이들에게
미안했다. 물밀듯이 몰려오는 호기심과 배움의 기회를
놓치기가 아쉬워, 아이들에게 양해를 구하고 저녁 수업
에 참여한다. 식탁에 다 같이 앉아, 아이들은 아이들 숙
제를 하고 나는 수업을 듣는다.

"엄마, 오늘도 오전에 수업 들었어요?"
"응. 들었지."

"어떤 수업 들었어요?"

"오늘은 하브루타 선생님들이랑 책 읽고 토론했지."

"아… 엄마들 책은 그림 없고, 글씨만 있는데 300페이지 가까이 되잖아요. 혼자 읽으면 어려우니까 같이 읽는 거예요?"

"그렇지. 혼자 읽는 것보다 같이 읽고 이야기를 나누다 보면, 이 사람 저 사람의 다른 생각을 알 수 있으니까 도움이 되지. 그리고 너희들이 나중에 읽을 수도 있으니까 그때 엄마랑 너희들 생각을 나누어도 좋고."

"그렇군요. 그럼 오늘 저녁엔 또 무슨 수업 들어요?"

"글쓰기 수업하는 날이네. 너희는 너희 숙제하고 엄마는 엄마 수업 들어야지."

"알겠어요. 엄마 수업 마치면 우린 잠들겠네요. 그럼 그때 설거지하고 정리하고 나면 늦게 주무시겠네요. 엄마, 저는요… 학교만 다니는 게 좋아요. 엄마는 너무 바빠 보여요."

"그렇지? 좋아서, 배우고 싶어서 하는 거라 엄마는 바빠도 참 좋아. 좋아하는 게 있다는 거, 배울 수 있는 기회가 있다는 건 참 좋은 거 같아."

저녁에 수업을 듣는다는 것. 예전 같으면 아이들을 두고 나가야 하기 때문에 상상도 하지 못했다. 그러나 코로나라는 시대적 상황이 사람들의 배움도 탈바꿈하여, 외출하지 않고도 수업에 참여할 기회를 제공해 주었다.

배움을 넘어 얻은 소중한 것이 있다. 바로 분위기다. 교육은 전염 혹은 감염이라며, 어른이 배우는 모습이야말로 아이에게 최고의 교육이란 말을 수시로 경험하고 있다. 아이들과 함께해야 하는 시간에도 나를 위한 시간으로 채우려 한다는 욕심으로 치부하며, 이 기회를 흘려보냈다면 어땠을까? 죄책감은 덜었겠지만, 후회는 오래도록 따라다녔을 것이다. 저녁 시간마저 수업을 들어야 하는 것에 미안함을 말하는 엄마와 달리, 아이들은 그런 엄마의 모습도 아무렇지 않게 받아들여 주니 참 고맙다.

공부의 필요성을 느낄 만큼의 내적 동기가 충분히 형성되지 않은 아이들은, 엄마 옆에 나란히 앉아 어쩌다 조성된 분위기에 올라탄다. 같은 공간에서, 각자의

일에 집중하고 있는 모습을 포착할 때마다 희미한 미소
를 띤다. 하지만 그 미소 이면에 숨겨진, 나만이 알 듯
말 듯 한 속내를 들키지 않으려 다시 책으로 시선을 돌
린다. 첫째가 6살일 때, 아이들과 같이 공부할 수 있으
면 좋겠다며 8인용 식탁 사이즈의 가족 책상을 샀다.
방에도 거실 어디에도 자리 잡지 못하고, 부피만 커다
란 애물단지로 전락해 잡동사니를 쌓아두는 곳이 된 책
상을 볼 때마다 앞서간 나의 욕심을 원망하기도 했다.

시기상조라며 막연하게 그려온 상상은 예상치 않은
계기로 일상이 되었다. 8인용 책상이 아닌 식탁 위에서
지만, 어디서 어떻게 하는가가 중요한 게 아니다. 나의
배움을 위해 모였지만, 자연스레 함께해 주니 참으로
고맙다. 근경은 전쟁이고 원경은 풍경이란 말처럼 가까
이서 바라보면 각자의 자리에 앉아 하품도 하고 끼적이
기도 하고 고민도 하고 잠깐씩 엉덩이를 들썩이기도 하
지만, 멀리서 바라보면 훈훈한 분위기를 물씬 풍긴다.
한 공간에서 보내는 우리들의 공부 시간이 오래도록 이
어갈 수 있길 바라며 함께할 저녁 시간이 기다려진다.

비공식적인 엄마의 사생활

　아이를 안고 지새우던 밤. 채팅창에 올라오는 싱글 친구들의 송년회, 생일, 번개모임 사진들을 볼 때마다 마음 속에 다크서클이 내려앉았다. 그들 속에 있고 싶은 욕망을 대신해, 현실 속의 아이들과 함께 했다. 나의 티셔츠 목 부위를 엄지손가락으로 돌돌 말며 잠드는 둘째로 인해, 밤 외출은 허황된 꿈에 머물러 있었다. 아이들을 재우고 난 후, 집안을 정리하며 마시는 맥주 한 캔이, 내가 누릴 수 있는 유일한 밤 문화였다.

　하루가 다르게 자란 둘째는 언젠가부터 엄마의 셔츠 대신 본인의 셔츠 목덜미를 만지작거리다 잠이 들었다. 엄마가 없으면 잠 못 드는 아이를 핑계로 친구들을 집에 초대했다. 아이들이 잠들고 난 뒤, 느지막이 도착하는 친구들과 식탁에 앉아 소곤거리며 대화를 나눴다. 혹여라도 깰까 봐, 무성의 웃음을 지으며 보내는 시간이 가끔 나에게 주는 힐링이었다. 아이가 조금씩 자라면서, 한 달에 한 번 정도 밤 외출에 도전했다. 잠결에라도 나를 찾을까, 즉각 달려갈 수 있는 5분 거리 안에 만남의 장소를 정했다. 두 시간 남짓, 못다 즐긴 아쉬움은 다음 만남을 위한 여지와 핑곗거리로 남겨두었다. 아이들이 자라는 만큼, 우리들의 약속 시간은 서서히 당겨지더니 가끔은 이른 저녁부터 모임을 시작한다.

"엄마, 지금 7신데 어디 가요? 수업 없어요?"

"오늘은 만나서 공부하기로 했어."

"왜요? 너무 늦은 시간 아니에요?"

"낮에 스터디 한 거 마무리 좀 하려고. 온라인으로는 힘든 부분이 있어서 만나서 하면 금방 다할 수 있거든."

"그럼 몇 시에 와요?"

"너희 잠들 때쯤 올 거야. 내일 오전에 엄마도 수업이 있어서 일찍 와야지."

공식적으로는 공부 모임이지만, 비공식적으로는 사적

모임이다. 엄마의 얄팍한 꼼수를 알아차리지 못하고 고개를 끄덕이는 아이들을 볼 때마다 가슴이 쿡쿡 찔린다. 현관 밖을 향한 두근거림의 자석을 떼낼 수도 없어 적당한 긴장감과 미안함을 가지고 나간다. 별다른 것 없는 장소에서, 별다른 것 없는 사람들을 만나는데도 매번 기다려지는 것은 왜일까? 아이들이 어릴 적만 해도 자녀 교육, 육아와 관련된 대화가 주를 이루었지만, 요즘은 우리가 사는 이야깃거리가 중심이 된다. 워킹 맘 들은 직장에서의 에피소드, 고충을 털어놓고 요즘 세대들의 가치관과 유행을 간접 경험시켜준다. 나를 포함하여 배움에 몸담은 이들은 요즘 하고 있는 일과 관심사를 털어놓는다.

엄마가 된 후 10년 동안 생일을 챙긴 기억이 없다. 아이들의 생일은 주간, 월간으로 하면서 정작 내 생일은 미역국 한 그릇 제대로 먹은 적 없다. 조리원에서 평생 먹을 미역국을 다 먹었다 하면서도 막상 생일날 아침 마주하는 식탁 앞에서, 쓸쓸함은 감출 수가 없었다. 그러다 모임을 통해 나를 포함한 모두가 잃어버린 생일을 찾았다. 우리도 아이들 못지않게 축하해 줄 수 있고 받을 수 있었다. 고깔모자를 쓰고 셀로판지 네모 안경을 낀 채 아이들처럼 티 없이 해맑은 웃음을 지을 수 있었다. 일 년에 한 번 화장할 일이 있을까 말까 하지만, 이날만큼은 과감하게 진한 립스틱을 발라도 본다. 계절 마다 찾아오는 그녀들의 생일을 기다리는 것도, 어떤 이벤트를 할지 준비하는 것도 하루하루를 견디는 힘이 된다.

지금도 가끔 집안일을 하다, 아이들을 돌보다 문뜩문 뜩 뛰쳐나가고 싶은 날이 있다. 생일, 어린이날, 크리스 마스를 기다리는 아이들처럼 그녀들을 만나는 날을 기 다린다. 매번 같은 멤버들과 특별한 것 없는 날을 보내 지만, 내가 나에게 주는 몇 안 되는 보상이자 선물이다. 낮이 아닌 밤에 만난다는 점, 책 대신 술잔이 함께 한다 는 점이 아이들에겐 조금은 미안하다.

늦게 결혼한 친구들을 만나면 그 시절 내가 그랬듯 아이가 어려서, 돌봐줄 사람이 없어서 외출은 꿈도 못 꾼다고 한다. 나처럼 밖으로 나올 수 있는 날이 반드시 올 테니 조금만 더 견디라고 전하며, 앞으로도 비공식적 인 사생활을 즐겨나갈 계획이다.

차(茶)를 내리며 나를 만나다

어느 날 첫째가, 읽고 있는 책 한 권을 가져오더니 물었다.

"엄마, 임진왜란과 도자기가 무슨 연관이 있는 거예요? 잘 이해가 안돼요."

"음… 1592년에 임진왜란이 일어난 건 알지? 그 무렵에 도자기를 구울 수 있는 기술을 가진 나라가 전 세계에서 중국과 우리나라뿐이었어. 그 당시 일본은 나무로 만든 그릇을 사용하고 있었고. 그런데 일본군이 조선에서 '이도다완'이라는 찻사발을 가지고 가서 도요토미 히데요시에게 바친 거야. 일본 지배층들은 그 사발을 찻잔으로 사용하기 시작했지. 그런데 그 찻사발이 그들에게 부와 명예의 상징이 되어서 이것을 가지기 위해 서로 성을 빼앗고 싸우기도 했어. 그래서 일본의 무사들이 조선의 도자기 기술자를 잡아가서 사발을 굽게 한 거야. 그래서 일본에서는 임진왜란을 도자기 전쟁이라고도 부른대."

"말도 안 돼요. 그럼 그때 잡혀간 분들은 다 돌아왔어요?"

"돌아온 분들도 있고, 아닌 분도 있겠지? 잡혀간 도자기 기술자들의 후손 중에는, 일본에서 도자기 가업을 물려받아 지금까지도 만들고 있는 사람도 있어. 임진왜란 이후 일본의 도자기 기술이 크게 발달했고, 그 찻잔들이 영국, 독일, 네덜란드 같은 유럽에도 큰 영향을 끼쳤다고 해."

"엄마는 근데 이걸 어떻게 알아요?"

"사실 엄마도 작년까지만 해도 몰랐어, 차(茶) 수업을 배우면서 알게 된 거야."

"그럼 우리 집에 찻잔 있죠? 그거 좀 보여줄 수 있어요?"

그날 오후, 찻장 안에 들어있는 찻잔을 모조리 다 꺼내, 나라별로 나누어 내 머릿속에 있는 지식을 총동원

했다. 그리고 그즈음, 둘째가 유치원 졸업 행사로 한 달 꼬박 '다도'를 배웠다. 부모님을 초청한 날, 아이는 한복을 입고 두 무릎을 꿇은 채 적당한 긴장감을 숨기며 정갈하게 앉아있었다. 80도에 달하는 뜨거운 물에 담긴 찻주전자를 아기 다루듯 조심히 다루며 한 잔 한 잔 차를 우려내는 아이를 보았다. 뜨거운 찻잔을 조심해서 잡으려 하는 아이의 모습을 보며 눈시울이 붉어지길 반복했다.

차(茶)에 대해 배우기 전까지만 해도 아는 차라고는 녹차, 홍차가 전부였다. 심지어 찻잎의 종류도 다른 줄 알았으며 티백으로 우려내는 게 알고 있는 유일한 방법이었다. 우리가 흔히 아는 '다도'가 아닌 서양식 홍차 수업이 주된 과정이어서 모든 게 낯설고 신기했다. 찻잎의 색과 향만으로 녹차, 홍차, 청차, 백차, 황차, 흑차를 구분해야 했고, 같은 녹차라도 나라별로 구분하고 정확한 종류를 맞춰야 하는 수업은 끝이 없었다. 어설픈 지식보다 아무것도 없는 백지상태가 배움의 용기를 가져왔나 보다. 이렇게 배울 게 많은 줄 알았다면 과연 시작하려 했을까. 차의 다류를 구분하는 것 외에도, 100가지가 넘는 향을 구분해 내는 훈련이 필요했고, 색의 미세한 차이도 알아채야 했다. 짜고 단 음식에 익숙하다 보니 예리한 맛의 차이를 알아내기 위해 과도한 연습이 필요했다. 수업 가기 며칠 전부터는 음식의 간을 낮추고, 100가지의 향이 들어있는 아로마 키트로 테스트를 하며 의도적으로 미각과 후각을 예민하게 만들었다. 차에 대해 알고 싶다며 시작한 공부는 차를 즐기는 것 외에 다른 유익함도 주었다. 그때 공부한 차에 담긴 이야기들을 아이들과 나눌 수 있게 되며, '가치 없는 경험은 없다'라는 말을 다시금 실감했다.

아침에 눈을 뜨면, 느긋하게 차를 내린다. 찻잎의 양과 종류에 따라 약간의 차이가 있긴 하지만, 대개 우려내는 시간 3분을 포함해 5분 정도가 소요된다. 찻물을 끓이고 찻잎이 우러나는 것을 보는 동안 머리를 맑게 비운다. 차를 내리고 잔에 따르는 행위만으로도 몸과 마음이 묵직하게 내려앉는다. 한 모금씩 음미하며 그날의 일과를 적어 내려간다. 마시는 속도만큼이나 천천히 움직여도 되는 순간이다. 매일 아침 차를 내리는 것은 쳐진 몸을 깨우고 둔탁해진 머릿속을 맑게 해주는 나만의 의식이다.

차를 내리면서 조금씩 차분해졌다.
차를 내리면서 긴장을 내려놓았다.
차를 내리면서 긴 호흡을 내뱉었다.
차를 내리면서 나에게 집중하게 되었다.
차를 내리면서 머릿속을 비우는 연습을 했다.
차를 내리면서 아이들과의 또 다른 추억을 쌓았다.

차와 함께 하는 시간은 느긋한 마음과 여유로움을 준다. 긴 호흡과 함께 하루를 정비할 기회를 준다. 때로는 나와 아이들 사이에 연대감을 주기도 한다. 오늘도 차를 내리며 나를 만나고, 따뜻하게 퍼지는 온기를 온몸으로 받으며 나에게 집중한다.

엄마, 글 쓰는 삶에 올라타다

"내가 살아온 이야기를 쓰면 책 한 권으로도 부족할 거다."

어릴 적 엄마가 자주 하시던 말이다. 엄마처럼, 은퇴 후 자서전이나 에세이, 시집 한 권 써보는 게 버킷리스트 중 하나라는 지인들이 다수 있다. 그들처럼 나도, 내 이름이 적힌 책을 출간하고 싶다는 생각을 막연하게 꿈꿔왔다. 인생의 굴곡을 거쳐 환갑 정도는 지나야만 300여 페이지를 채울 수 있을 듯 했다. 그때가 되어야만, 누군가에게 나의 과거와 현재를 담은 삶의 메시지를 자신 있게 전달할 수 있을 거 같았다.

2021년 봄, 하브루타 스터디로 만난 7명 중 한 명이 우리의 이야기를 담은 공저 책 출간을 제안했다. 이 중 2명은 현직 작가로 활동 중이라 출간과 관련한 전반적인 상황을 알고 있었다. 그들의 입장에서 보면 서평을 해본 적도, 글을 써본 적도 없는 우리와 책을 낸다는 것은 서울에 감투를 부탁하는 것과 다르지 않았다. 여러 고민 끝에 출간이 되지 않더라도 경험치를 쌓는 데 의의를 두자며 욕심을 한 줌 덜어냈다.

글을 쓰기 전, 연습의 시간을 가졌다.

『우리 아이 읽기 독립』, 『아이는 학교 밖에서도 자란다』의 최신애 작가가 총괄 지휘를 했다. 인문학의 중요성이 강조되는 시대의 흐름에 맞춰 관련 도서를 선정했다. 코로나 시국이라 매주 수요일 오전에 온라인상에서 만났다. 읽은 부분만큼 이야기를 나누었고, 각자가 선택한 글감을 주제로 A4용지 한 장을 채웠다. 초기만 해도 흰 건 종이요, 검은 건 글자임을 알면서도 한 줄조차 완성할 수 없었다. 해도 해도 티가 나지 않는 집안일처럼 써도 써도 늘지 않는 글쓰기 앞에서, 내가 받은 공교육은 아무런 힘을 쓰지 못했다. 언제든지 노트북 넘어 함께 할 수 있도록 이른 새벽, 늦은 밤 상관없이 접속해

서로를 격려하고 응원했다. 그에 보답이라도 하듯, 뚫어져라 쳐다보기만 하던 키보드가 움직이기 시작하더니 한 줄, 두 줄 써 내려져 갔다.

초고를 쓰며 촘촘하게 보낸 3개월이 지났다. 꿀 같은 휴식을 갖기도 전, 투고를 시작했다. 에세이를 출간하는 출판사를 정리해 각자의 몫만큼 메일을 보냈다. 초고를 쓸 때보다 더한 긴장감이 몰려왔고 회신 여부에 따라 마음의 날씨가 촐싹거렸다. 거절 메일이 올 때는 공저는 출간하기 힘들다, 우리 같은 초보 작가의 출간은 당연한 거라며 위로했다. 거세고 깊은 낙담이 암반수를 뚫었는지, 몇 주 후 특정 출판사에서 출간 제의가 들어왔다. 사인하던 날, 내 주머니 사정안에서 가장 좋고 비싼 인감도장을 만들어 '朴祉衍'이란 이름에 빈틈이 생기지 않도록 단정하게 찍었다.

계약의 기쁨을 누리기도 잠시, 퇴고라는 높디높은 산을 넘어야 했다. 모든 초고는 쓰레기라더니 소각조차 불가능한 쓰레기 산을 눈앞에서 보았다. 문장을 수정하고, 중복된 글을 빼고, 군더더기 표현을 삭제하고, 맞춤법을 교정하니 글이 절반으로 줄었다. 그 글을 다시 씨실과 날실로 엮으며 늘렸다 줄이기를 반복했다. 어제 고친 글임에도 다음 날 또 눈에 거슬리는 부분이 발견되길 수 차례, 나중엔 내 글에 익숙해져 오타조차 분별 되지 않았다. 본인 글 외에도, 다른 사람의 퇴고도 첨삭해 주었다. 각자 다른 색으로, 수정했으면 하는 부분을 표시해 주었고, 더 나은 표현과 글귀가 떠오르면 적어주고 이유도 친절하게 덧붙여주었다. 몇 번 동안이나 글을 주고받으며 최종 퇴고를 마쳤고, 출간될 날만 기다렸다.

2021년 11월 15일. 시작한 지 두 계절이 지나 드디어 책이 나왔다. 표지 선정할 때만 해도 반신반의였는데, 도서 사이트에 내 이름이 적힌 책이 뜨는 것을 보며 그제야 실감이 났다. 손에 쥐기도 전부터 뜬구름 위에 떠다니며 나만 아는 기쁨을 만끽했다. 하브루타 스터디를 위해 모인 도서관에서 우리를 위해 작은 출간기념회를 열어주었고, 동네 책방에서는 우리의 공저 과정을 담은 기록물을 전시해 주기도 했다. 의지만 있다면 엄마라는 이름으로 못할 것이 없다는 것을 전해주기 위함이라 했다. 소리 없이 강한 기적을 만든 서로에게 감사와 박수를 건네며 성취감에 취해있는 나에게, 『영어 그림책, 하브루타가 말을 걸다』, 『예비 초등 엄마 마음 사전』의 설친이기도 한 이영은 작가가 말했다.

"공저 한번 해봤으니, 이제 네 이름으로 된 책 한 권 내야지?"

"이제 숨 좀 돌리려는데, 나중에…"

"나중이 어디에 있어? 글 쓰는 건, 잠시라도 쉬면 원래대로 돌아가. 놓는 순간 아주 정직하게 돌아간단 말이지."

원래대로 돌아간다는 말. 모니터에 빈 화면을 응시하며 머리를 쥐어뜯던 내가 떠올랐다. 그때로 돌아간다는 것은 아이 한 명을 더 낳는 것과 견줄 바 없는 고통이 따르기에, 곧바로 이은대 작가가 진행하는 '자이언트 골드클래스'에 등록해 매주 수요일, 목요일 글쓰기 수업에 참여하고 있다. 뜻대로 써지지 않을 때마다 왜 다시 이 길로 진입했을까 하는 회의감이 들기도 하지만, 예전의 나를 떠올리며 마음을 굳게 다잡는다.

글을 쓰기 시작하며 미라클 모닝도 할 수 있었고, 온전히 나에게 집중할 수도 있었다. 글 속에서 기억을 더듬고, 감정을 쏟아내고, 아직은 꺼내기 힘든 이야기를 풀어내기도 하고 누군가를 애도하기도 했다. 초고를 한 문장이라도 쓴 날은, 오늘의 몫을 다했다는 성취감에 젖어 들었고, 써 내려간 글귀만큼 성장할 것이라며 스스로에게 확언도 했다.

이은대 작가는 책 한 권만 출간하고 멈추는 작가들을 보면 안타깝다고 말한다. 그들 중 한 명이 되지 않기 위해, 아니 스스로 발전하기 위해서라도 글 쓰는 엄마로서의 삶을 살고자 한다.

N잡러 엄마로의 선언

2022년 3월 1일 자 파이낸셜 뉴스에, 1980년대 초부터 2000년대 초 사이에 태어난 MZ 세대 5명 중 1명은 프로N잡러는 기사가 실렸다. 『2022년 트렌드 코리아』 책에도 N잡러는 올해의 트렌드이고, 투잡은 어쩔 수 없는 시대의 흐름이라 언급되었다. 일반용어가 되어버린 N잡러는 복수를 뜻하는 N과 직업(Job), 그리고 사람을 뜻하는 러(er)의 합성으로 만들어진 신조어로 본업 이외 재능이나 관심사를 살려 여러 직업으로 수입을 창출해 만족스러운 경제활동을 하는 이들을 말한다.

100세 인생인 지금, 직장이 내 인생을 보장해 주기 어려운 현실에 평생 직업은 있어도 평생직장은 없다는 개념이 정립되고 있다. 현재와 미래의 걱정을 덜어

내고, 조금이나마 윤택한 삶을 누리기 위해 본업을 유지하면서 수익화 할 수 있는 N잡러를 희망하는 직장인들이 늘어나고 있는 현실이다. 게다가 코로나와 MZ 세대의 취업문이 닫히는 시기가 겹치면서 어쩔 수 없이 세대와 나이를 불문하고 N잡러의 길을 선택한 이들도 많다.

블로그를 운영한 지 10년째. 최근 3년 동안 서로 이웃을 신청하는 청년 블로거들을 보면 상당수가 본업 없는 N잡러로 활동 중이다. 서너 가지 이상의 영역에서 활동하는 이들은 본인들의 일에 대해 구체적으로 언급하며, 뜻이 맞는 이들을 찾아 소통을 희망한다. 그들 중 몇몇과는 독서모임을 갖고 정보를 교류하며 정기적으로 온·오프라인으로 만나고 있다. 경제적인 자유와 자아실현을 꿈꾼다면 누구나 시작할 수 있다는 것이, 시공간적인 제약이 있는 나에게 무한 매력으로 다가왔다.

학창 시절만 해도,
'재주가 많으면 밥 굶는다.'
'재주가 많으면 빌어먹는다.'

'재주가 많으면 가난하게 산다.'

여러 가지 재주가 한 가지 재주만 못할 때가 많다는 말을 하는 어른들이 많았지만, 이제는 가진 재주만큼 경제적인 풍요를 누릴 수 있는 시대가 되었다. 앞으로 어떤 일을 하면 좋을까, 고민에 고민을 하며 하루하루를 보내던 어느 날 지인이 책 한 권을 선물해 주었다.

『회사 체질이 아니라서요』란 제목을 가진 책엔 심플하면서도 귀여운 삽화가 실려 있었다. 작가는 퇴사 후 1여 년 동안 번역 학원을 다니며 반 백수, 반 프리랜서의 삶을 살았다. 프리랜서 번역가로의 삶을 사는 것에 중점을 두고 한 방향만을 바라보았다. 웹툰 그리는 것을 좋아해서 시작한 일상툰 블로그가, 번역가가 아닌 웹툰 프리랜서 작가로의 기회도 열어주었다. 한 우물만 파는 것이 아니라 조금이라도 잘하고 좋아하는 일들에 다양하게 도전해 보는 것이 좋다며 인생의 기회는 전혀 예상하지 못한 곳에서, 전혀 예상하지 못한 방식으로 들어왔다 했다. 프리랜서 삶의 시작과 고충, 현재의 위치에 다다르기까지 마주한 과정을 언급하며 그 길을 향해

가는 과정에서 마주한, 마주할 뼈아픈 현실이 예상만큼 순탄하지 않음도 알려주었다.

　작가가 몸소 겪은 현실을 글 속에 남겨 줌으로써 그 길을 가고자 하는 사람들이 굳은 결심을 가질 수 있도록 독려했다. 나도 여기저기 도전하여 N잡러가 되는 것이 목표이기에, 글을 읽는 내내 앞날의 나를 투영하지 않을 수가 없었다. 전혀 예상하지 못한 곳에서 인생의 기회를 잡아 묵묵히 향해가고 있는 작가처럼, 어떤 곳에서 나의 인생이 펼쳐질지 알 수 없기에 담을 수 있는 최대치를 담으며 앞날에 대한 기대감으로 매일을 살아가고 있다.

　글을 쓰며, 엄마 작가로의 삶을 이어가고 싶다.
　차(茶)를 내리면서 나를 돌아보고 배움을 나누고 싶다.
　식물을 가꾸면서 작은 것의 소중함을 알고 내 마음에 물을 주고 싶다.
　독서를 통해 마음과 정신을 건강하게 하고, 생각의 뿌리를 깊게 뻗고 싶다.

여행을 하는 순간순간을 기록하여 나와 아이들의 추억을 풍요롭게 한 이야기 책을 엮어가고 싶다.

현재로서는 모든 게 희미한 상황이다. '할 수 있었는데, 해야 했는데, 해야만 했는데'라는 후회로 남은 내 삶을 휘감지 않기 위해, 묵묵히 하고자 하는 일을 해나갈 뿐이다. 다방면에서 조금씩 꾸준히 해나가다 보면 어느 순간 N잡러의 삶에 올라타 있지 않을까?

"10개월 뒤는 불안하지만, 10년 뒤는 불안하지 않습니다."라고 말하던 그때의 서메리 작가처럼, 나도 당장은 불안하다. 그러나 하루하루 축적될 경험과 시간을 그려보면, 10년 뒤는 불안보단 설렘이 더 크게 다가온다.

지금의 내가 참 좋다
· ·

"젊은 시절로 돌아가고 싶은 적이 없다. 그때는 뭐가 좋은지 몰랐던 때다. 정신없이 살았다. 어떨 때는 기분이 막 좋다가도 어떨 때는 기분이 푹 가라앉았다. 머리 아픈 게 낫지 그런 기분이 드는 게 정말 싫었다."

6년 전 방영한 예능 프로그램인 <힐링캠프>에서 배우 김희애가 한 말이다.

의외였다. 청춘 시절로 돌아가고 싶다고 말하는 이들과 달리, 어떻게 저런 대답을 할 수 있을까 이해되지 않았다.

20년 내내 아이들 곁에 함께 해야 하는 줄 알았다. 스스로 등하교 하고, 간식을 챙겨 먹고, 혼자만의 시간을 즐길 수 있을 만큼 훌쩍 자란 아이들은 엄마의 시간을 널찍하게 늘려주었다. 아이들에게 쏠렸던 열정, 시선을 나에게로 돌려 한 인간으로의 경계를 넘나들고 있는 요즈음, 엄마가 된 후로 가장 평화롭다.

30대 끝자락. 농도 있게 쓰지 못하고 맞이해야 하는 매일의 태양이 원망스러웠다. 마흔이란 나이에 올라타던 날, 인간으로서 할 수 있는 일은 없는 줄 알았다. 그땐 그랬다. 다른 게 절망이 아니라, 이뤄낸 것 하나 없이 마흔을 맞이한다는 것, 그게 곧 절망이었다. 왜 그리 그 길이 무서웠을까? 오지도 않은 미래를 걱정하며 회피하려고만 했을까?

"절망에 허덕이지 말 것, 절망에 맞설 것."
"절대로 절망하지 마라. 만약 그렇다면, 절망 속에서라도 계속 일을 하라."
"당신이 절망적일 때가 바로 당신을 위한 축제를 열기에 최적의 시기라는 건 알고 있는가?"

위기가 기회일 수도, 절망이 축제를 위한 최적의 시기

일 수도, 불안은 성장하고 싶다는 마음의 신호일 수도 있다는 등의 글을 보며 굴을 파고 숨기만 했던 마음의 빗장을 풀어나갔다. 할 수 있는 건 다 했고, 다이소처럼 모조리 담고자 했지만 공허함의 우물은 채워지지도, 넘치지도 않았다.

배움을 채워 넣을수록 더 많은 배움에 대한 욕심만 늘어갈 뿐, 여전히 뚜렷하게 내세울 만한 결과는 없었다. 나 자신과 마주하고, 내 마음이 말하는 소리를 들으며, 나와 대화하는 시간을 가져야 했었는데 그것까진 미처 알지 못했다. 마음이 요동치는 순간이면 성당이든 절이든 무작정 찾아갔다. 아무것도 하지 않아도, 아무 말 하지 않아도, 깍지 낀 두 손을 무릎에 올리고 고개만 떨구어도 마음이 가라앉았다. 욕심의 속도가 더뎌졌다. 나에게 집중하는 소리를 들을 수 있었다. 내려놓기 시작하니 조급함이 더뎌졌고, 무거운 마음과 긴장감도 사그라졌다. 머리에서 마음까지 가는, 세상 가장 먼 길이라는 그 길을 천천히, 오랫동안 걸었다.

어느덧, 마흔하나 하고도 반년이 지났다. 삼 년 전만해도 너무 힘들다며, 과거로 돌아가지 못할 바엔 십 년 후로 순간 이동이라도 하길 바랐다. 고행의 길을 걷는 엄마를 눈치라도 챈 듯, 아이들은 빠른 속도로 성장해 엄마를 놓아주었다.

배움을 하지 않았더라면 갑작스레 생겨난 여유에 무엇을 하고 있었을까?

길을 찾겠다며 헤매던 그때처럼 허우적대고 있지 않았을까?

소모적인 삶을 사는 데 익숙해져서 나의 결을 잃어가고 있지는 않았을까?

그런 생각을 하면, 절망이라 말하던 시간 속을 끊임없이 채워온 그때의 나에게 글로 다 담을 수 없을 만큼 고맙다. 6년 전에는 이해할 수 없던 배우의 말이, 이제야 조금이나마 알 듯하다. 인생 꼬투리 속에 갇혀있던 강낭콩 한 알이 또르르 굴러 나와 어느덧 새싹을 틔우며 싱그럽고 건강하게 자라고 있다. 남은 알들은 어떤 새싹을 틔우며 어떤 날들을 만나게 될까? 오늘 아침에도 어제와 다를 바 없이, 차 한 잔을 내린 후 노트북 앞에 앉아있다. 온전히 나를 만날 수 있는 지금이 좋고, 지금의 나도 참 좋다.

마치는 글

"엄마, 이번에는 혼자 쓰시는 거예요?"

"이번 책은 어떤 내용이에요? 또 우리가 나오는 거예요?"

"지난번 책에, 저랑 달리기하다가 엄마 발가락 부러져서 수술한 내용 쓰셨잖아요. 이번엔 그거 안 쓰면 안 돼요?"

"우리 이야기도 있으니까 책 팔아서 돈 많이 벌면, 맛있는 거 사 주세요."

지난해 공저로 낸 책을 읽고 또 읽은 첫째 은준이는, 이번에는 엄마 혼자 200페이지가 넘는 글을 쓴다는 것이 신기하면서도 자신들의 이야기가 얼마나 실릴지도 궁금한가 보다. 둘째 하진이는, 친구들 엄마처럼 우리 엄마도 돈을 번다는 기대에, 갖고 싶은 것들의 목록을 적고 지우느라 바쁘다. 두 아이 모두 기저귀 차고 있을 때만 해도, 지금과 같은 날이 온다는 건 달나라 이야기인 줄 알았다. 열 번의 봄을 맞이하며 지란 아이들은, 어느덧 엄마가 하는 일에 본인의 의견을 전달할 만큼 많은 성장을 했다.

하던 일을 그만두고, 오롯이 아이들에게 전념해야 했던 꽃피울 나이 30대. 두 번의 하계 올림픽과 동계 올림픽, 두 번의 월드컵, 두 번의 정권이 바뀔 동안 바깥세상에는 어떤 일들이 있는지 어떤 변화가 일어나는지 알지 못했다. 지금 내 나이 마흔하나, 출산한 지 얼마 되지 않은 친구들을 만나면 그들 속에서 몇 년 전의 나를 만난다.

'나도 그때 그랬는데, 저 고민 수없이 했었는데…'라며 그들의 이야기에 심취한다.

'모든 태풍은 다 지나간다.'라는 말로, 닿지도 않을 위로를 건넨다. 그때 나의 자존감은 지구 밑바닥이 어디인지 탐험하기라도 하는 듯 끝도 없이 파고 들어갔다.

아이들을 잘 키워보겠다며 장착한 팔랑 귀는 줏대조차 없었다. 지름길은 없는지, 더 빠른 길은 없는지, 남들은 다 아는데 나만 모르는 길이 있는 건 아닌지 가다서다 도 반복했다. 내 삶을 찾아가겠다고 호기롭게 출발했지 만, 육아라는 신호등 앞에서 수없이 빨간불과 주황불을 마주했다. 후진도 유턴도 없었다. 오랜 시간 두 신호 사 이에 머무른 뒤, 보이지도 않는 초록불을 향해 천천히 걷고 달렸다.

첫째가 6살 되던 해, 태국 한 달 살기 여행을 시작했다.
첫째가 7살 되던 해, 하브루타 지도사, 슬로 리딩 지 도사, 독서토론 심판 자격증을 수료하며, 태국, 말레이 시아 한 달 살기 여행을 했다.
첫째가 8살 되던 해, 시골 초등학교 1학년 아이들과 하브루타 수업을 했고, 스터디 모임을 통해 교육학, 교 육공학을 공부했다.
첫째가 9살 되던 해, 가족심리학, 상담심리학, 글쓰 기를 배웠고 독서모임을 통해 공저로 책을 출간했다.

만약 그때, 땅속을 파고 들어가지 않았더라면,

만약 그때, 아이들만 바라보는 길만 택했더라면,

만약 그때, 다른 길을 기웃거리지 않았더라면,

만약 그때, 빨간불과 주황불 사이에 머무는 시간이 없었다면, 지금의 나를 찾을 수 있었을까?

우리 모두 같은 시간, 요일, 달, 년을 살았다. 유년기, 아동기, 학령기를 거치며 부지런히 성장해온 아이들처럼 경력단절녀, 엄마, 엄마 학생의 시기를 거치며 나도 같이 자랐다. 징징거리고 웃기도 했지만 아이들 덕분에, 또 다른 세상에 발을 들일 수 있었다. 배움을 통해 나를 찾았고, 새로운 일들을 도전할 수 있었다. 일을 손에서 놓은 지 오래돼서, 아직은 아이가 어려서, 할 수 있는 게 없어서, 하고는 싶은데 여건이 안 돼서 망설이는 엄마들이 있다면 나를 보며, 그런데도 가능할 수 있음이 조금이라도 닿길 바란다. 그때의 나처럼 한없이 땅굴만 파도 괜찮다. 빨간불과 주황불 사이에 오래 머물러도 괜찮다. 모소 대나무처럼 뿌리를 뻗어나가는 시기라 여기며 지금을 현명하게 이겨내길 응원한다.